OETINGER TASCHENBUCH

Gina Mayer wurde 1965 in Ellwangen geboren. Nach der Schulzeit in Schwäbisch Hall zog sie für ein Jahr nach Neapel. Anschließend studierte sie Grafik-Design und arbeitete als Werbetexterin. Heute schreibt sie historische Romane und Krimis für Jugendliche und Erwachsene.

Frank M. Reifenberg ist gelernter Buchhändler. Darüber hinaus besuchte er die Internationale Filmschule Köln und schreibt seit dem Jahr 2000 Romane und Drehbücher. Seit 2008 engagiert er sich für die Förderung leseschwacher Jungen.

Gina Mayer & Frank M. Reifenberg

Die Schattenbande

jagt den Entführer

Mit Illustrationen von
Gerda Raidt

Oetinger Taschenbuch

Außerdem bei Oetinger Taschenbuch erschienen:

Die Schattenbande legt los! (Band 1)

MIX
Papier aus verantwortungsvollen Quellen
FSC® C014496

Das für dieses Buch verwendete FSC®-zertifizierte
Papier Danube liefert Salzer Papier, St. Pölten, Austria.
Der FSC® ist eine nicht staatliche, gemeinnützige Organisation,
die sich für eine ökologische und sozialverantwortliche
Nutzung unserer Wälder einsetzt.

1. Auflage 2016
Oetinger Taschenbuch in der Verlag Friedrich Oetinger GmbH,
Poppenbütteler Chaussee 53, 22397 Hamburg
Dezember 2016

Text: Gina Mayer und Frank M. Reifenberg,
vermittelt durch die Literaturagentur Birgit Arteaga, München
Lektorat: Malte Richter
Cover- und Innenillustrationen: Gerda Raidt, vermittelt durch die
Agentur Susanne Koppe, Hamburg,
www.auserlesen-ausgezeichnet.de
Umschlaggestaltung: Grafisches Atelier arsEdition,
unter Verwendung von Bildmaterial von @ Getty Images / Thinkstock
Druck: GGP Media GmbH, Pößneck
ISBN 978-3-8415-0436-4

www.oetinger-taschenbuch.de

INHALT

DIE SCHATTENBANDE

Schiebermütze, Knickerbocker und Dreck unter den Fingernägeln: Das ist **Klara Schlapp**. Dass sie ein Mädchen ist, ist geheim. Nur ihre Freunde wissen, dass sie blonde Zöpfe unter der Mütze versteckt. Klara ist eine begnadete Taschendiebin und die Anführerin der Schattenbande. Das Blöde ist nur: Otto will das einfach nicht einsehen.

Im Fassadenklettern nimmt es keiner so schnell mit **Otto Karwuttke** auf und auch im Pläneschmieden ist er große Klasse. Leider hat Klara oft schon Nägel mit Köpfen gemacht, bevor er sagen kann, wo es langgeht. Otto und Klara sind ein Superteam, das meinen alle. Aber Otto findet, dass sie noch besser wären, wenn Klara endlich einsehen würde, dass er der Chef ist.

Paule Kowalski ist ein genialer Panzerknacker und Erfinder. Aus Schrottteilen und Abfall baut er die erstaunlichsten Apparate, Maschinen und Sprengkörper. Wenn er einmal nicht an seinen Erfindungen tüftelt, stiehlt er Kohlen. Denn die Dampfmaschinen, mit denen er seine Maschinen betreibt, wollen gefüttert werden. Paule träumt von einem eigenen Automobil – und von einer Weste aus Samt mit echten Perlmuttknöpfen.

Lina Kowalski ist Paules kleine Schwester und das jüngste Mitglied der Schattenbande. Sie ärgert sich furchtbar darüber, dass die anderen sie oft nicht ernst nehmen. Dabei könnte sie den Freunden nicht selten den Hals retten, wenn man sie nur mitmachen ließe. Lina hat nämlich einen sechsten Sinn. Sie wittert Gefahr und spürt Dinge, die anderen verborgen bleiben.

Berliner Lokal–Anzeiger

8. Januar 1927

Die Weltsensation in der "Schwarzen Katze"!

von Billy Barrakuda

Eine fabelhafte Attraktion erwartet das Berliner Publikum zum Jahresbeginn im Varietétheater »Die Schwarze Katze«. Am Samstagabend tritt dort der weltberühmte Meister Vanitus mit seiner gruselerregenden Schlangenfrau auf. Der Schlangenbeschwörer hat in den letzten drei Jahren einhundertelf Länder auf allen fünf Kontinenten bereist und überall ein begeistertes Publikum zurückgelassen. Er wird voraussichtlich bis zum Februar in Berlin gastieren.

Nachdem im Dezember bekannt wurde, dass Meister Vanitus in der »Schwarzen Katze« auftritt, kam der Verkehr auf dem Nollendorfplatz kurzzeitig zum Erliegen, weil sich vor dem Theater eine kilometerlange Schlange gebildet hatte. Ganz Berlin versuchte an Eintrittskarten zu kommen. Viele gingen leider leer aus. Glücklicherweise hat der Reporter eine Karte ergattert und wird exklusiv von der Premiere am Samstag berichten.

Außerdem erwartet die Leser des *Lokal-Anzeigers* ein ganz besonderes Bonbon: Obwohl Meister Vanitus die Öffentlichkeit scheut und Pressetermine meidet, ist es unserem Blatt gelungen, den Schlangenbeschwörer zu einem Interview zu überreden. Kaufen Sie also unbedingt unsere morgige Ausgabe!

I. KAPITEL,

in dem Otto die Wand hochgeht

Otto zuckte zusammen. Das Klackern in seinem Rücken hörte sich an, als sei die halbe Belegschaft des Polizeipräsidiums in ihren schweren Winterstiefeln im Anmarsch. »Hör auf damit!«, zischte er über die Schulter.

»G-g-g-g-e-e-ht-t-t-t ni-i-icht«, antwortete Klara.

»Wie sollen wir die Villa auskundschaften, wenn du so einen Krach machst?« Otto hatte die letzten Silben noch nicht über die Lippen gebracht, da legte es auch bei ihm los: Klack-klack-klack-klack-klack schlugen seine Zähne aufeinander.

»Hör doch s-s-selber auf!«, äffte Klara ihn nach. »D-d-d-du bollerst wie eine Stepptänzerin im Admiralspalast.« Sie schaffte es jedoch nicht einmal, eine schnippische Miene zu ziehen, wie sonst, wenn sie sich gegenseitig foppten.

»Mir ist so k-k-alt«, bibberte Otto.

Seit Wochen hatte der Winter Berlin fest im Griff. Ein eisiger, sibirischer Wind fegte durch den Tiergarten; meterhohe Schneewehen türmten sich am Kurfürstendamm links und rechts der Straße; auf dem Landwehrkanal konnte man Schlittschuh laufen – wenn man welche besaß.

Otto und der Rest der Schattenbande hatten nicht einmal feste Stiefel. Lina lief in Halbschuhen herum. Paule trug Holzpantinen und einen selbst geschneiderten Anzug aus alten Pferdedecken, der fürchterlich müffelte und ihn trotzdem nicht richtig warm hielt.

Alles was sie an Kleidungsstücken besaßen, kam zum Einsatz: Klara hatte zwei Paar Knickerbocker und eine lange Männerunterhose über wollene Strümpfe gezogen. Otto trug ein Stück Leintuch um den Kopf wie einen Verband. Darauf saß die Schiebermütze. Aber es half nichts.

Minus fünfzehn Grad waren einfach zu viel. Oder vielmehr zu wenig.

»W-w-wann wird es endlich F-f-f-frühling?«, fragte Klara vorwurfsvoll, als sei Otto schuld an der schrecklichen Kälte.

»Ist doch gerade mal Januar«, gab er mürrisch zurück und blies in seine klammen Hände. »Vor März tut sich hier gar nichts.«

»Noch zwei Monate? Das überleb ich nicht.« Klara verdrehte die Augen und ließ sich nach hinten in eine Schneewehe fallen.

»Steh auf, bist du verrückt?« Otto griff nach ihrer Hand und wollte sie wieder nach oben reißen. »Du musst in Bewegung bleiben, sonst erfrierst du.«

»Ich erfrier auch in Bewegung. Liegend geht es nur schnel-

ler. Soll ja ein angenehmer Tod sein.« Sie schloss die Augen.

»Jetzt komm schon, Klara!«

»Ich bin gar nicht mehr da«, sagte Klara verträumt. »Ich sitze an einem prasselnden Kamin und löffle heißen Pudding aus einer riesigen Schüssel. Und auf meinem Bauch liegt eine Wärmflasche. Hach, ist das schön!«

»Klara! Sag mal, spinnst du? Hoch mit dir, und zwar plötzlich!« Otto wurde jetzt wirklich nervös.

Klara antwortete nicht, sondern seufzte nur genüsslich und räkelte sich im Schnee, als wäre es eine Daunendecke.

Otto war auf einmal nicht mehr kalt. Er schwitzte vor Angst. Wenn Klara nicht auf der Stelle aufstand, würde sie auf der Schneewehe festfrieren, und dann wäre alles aus. Er musste sie auf die Beine bringen, und zwar sofort. Aber wie? Wenn Klara sich etwas vorgenommen hatte, dann konnte sie so stur sein wie ein Karrengaul. Und nun hatte sie sich vorgenommen zu erfrieren. Seine Augen glitten panisch die Straße entlang und prallten an den Mauern ab, hinter denen die Grundstücke der Reichen lagen.

Vor drei Tagen waren den Schatten in ihrem Bandenversteck am Lützowufer die Kohlen ausgegangen. Den letzten schwarzen Brocken hatte Otto so lange wie möglich aufgespart, aber dann hatten sie in der verlassenen Schreinerei gesessen und dabei zugesehen, wie die Flamme im Ofen erlosch. Keine Minute später stand der tödliche Besuch vor ihrer Tür: der Frost. Er kroch durch alle Ritzen und Mauerlücken.

Das war schlimm. Noch schlimmer war, dass Klaras Finger entweder starr vor Kälte waren oder zitterten oder beides, wenn sie die Handschuhe abstreifte. Aber wenn sie ihre wulstigen Fäustlinge anzog, war selbst eine hervorragende Taschendiebin wie sie chancenlos.

In ihrer Verzweiflung hatten sich Otto und Klara am Morgen auf den Weg nach Charlottenburg gemacht. In der Villengegend am Schloss reihte sich schließlich ein Palast an den anderen, neureiche Fabrikbesitzer lebten neben berühmten Revuestars, italienischen Grafen, ungarischen Baronen und deutschen Freiherrn.

»Die schwimmen doch inne Moneten und merken dit jar nich, wenn wa uns wat mopsen«, hatte Paule gesagt.

Sie brauchten ja auch nicht viel. Ein kleiner Sack Kohle, ein Beutel Kartoffeln, ein Laib Brot, ein Topf Fett, damit würden sie die nächste Woche überstehen. »Vielleicht noch 'n paar Knackwürschte«, sagte Paule hoffnungsvoll.

Aber jetzt wanderten Otto und Klara schon seit über zwei Stunden durch die breiten Charlottenburger Straßen, linsten durch schmiedeeiserne Gitter in verschneite Gartenanlagen, rüttelten hin und wieder an einem Tor, doch dann brach sofort wütendes Gebell los und sie mussten wegrennen.

Es war eine Schnapsidee gewesen, hierher zu kommen, dachte Otto. Aber das durfte er auf keinen Fall zugeben, sonst würde Klara nie und nimmer aufstehen.

»In der Seitenstraße da hinten waren wir noch nicht.« Er

versuchte so viel Begeisterung wie möglich in seine Stimme zu legen. »Komm, Klara, die Häuser sind ein bisschen kleiner und bestimmt nicht so gut bewacht.«

Klara antwortete nicht. Sie lag mit ausgebreiteten Armen im Schnee und sah aus wie tot. Vielleicht war sie ja wirklich schon erfroren?

»Klara?« Jetzt bebte Ottos Stimme vor Angst, nicht vor Kälte. »Hörst du mich?«

»Sei still«, sagte Klara. »Ich esse gerade einen Bratapfel. Er ist mit Rosinen und Mandelkernen gefüllt. Hm, ist das lecker.« Dann richtete sie sich abrupt auf. »Was war das?«

»Was?«

»Hörst du das nicht?«

Otto lauschte in die Winterstille, schüttelte den Kopf und überlegte insgeheim, ob Klara die Kälte aufs Gehirn geschlagen war.

»Komm mit!« Sie sprang auf die Füße, packte seine Hand und zog ihn hinter sich her, die Straße entlang.

»Was soll das denn? Klara, kannst du mir bitte erklären …?«

»Sei still. Schschsch!«

Jetzt hielt sie an und schubste ihn hinter einen der Schneehügel, die den Straßenrand säumten. »Duck dich!« Gehorsam zog er den Kopf ein. Dann hörte er es auch: das Klirren und Quietschen, das Klara wieder auf die Beine gebracht hatte. Auf der anderen Straßenseite öffnete sich ein schweres Eisentor. Otto linste über den Schneehügel und sah einen Kutscher im Pelzmantel. Der Mann stapfte zu dem Pferdeschlitten, der auf der breiten Zufahrt vor dem Haus stand.

»Worauf wartest du noch? Los!« Wieder sprang Klara auf. Flink wie ein Kaninchen flitzte sie über die Straße. Otto rannte ihr nach. In dem Moment, in dem der Kutscher auf den Bock kletterte und ihnen den Rücken zudrehte, schlüpften sie durchs Tor. Als der Mann die Zügel ergriff, mit der Peitsche knallte und die Pferde lostrabten, hockten die beiden bereits hinter einem großen, schneebedeckten Busch und hielten die Luft an. Im Schlitten saßen sechs Personen, mit Pelzen vermummt und in dicke Decken gehüllt.

Atemlos warteten Otto und Klara ab, bis der Kutscher das Tor von außen wieder schloss.

»Und jetzt?«, fragte Otto.

»Jetzt sind wir drin.«

»Im Garten. Aber noch lange nicht im Haus. Und wahrscheinlich kommt gleich ein Wachhund …«

»Der wär doch längst hier«, unterbrach ihn Klara. »Aber ich kann mich auch wieder in den Schnee legen und sterben, wenn dir das lieber ist.«

»Nee. Schon gut.« Otto erhob sich und blickte sich vorsichtig um. »Scheint keiner hier zu sein.«

»Sag ich doch.« Klara deutete auf die verschlossenen Fensterläden. »Das Haus ist menschenleer, die sind alle weg. Wahrscheinlich in Afrika. Oder an einem anderen Ort, wo's wärmer ist als hier. Jetzt müssen wir nur noch rein, dann können wir uns in aller Seelenruhe bedienen.«

Jetzt müssen wir nur noch rein. Das war natürlich ein Witz. Die Villa war verriegelt und verrammelt wie das Zuchthaus in Moabit. Nur mit dem Unterschied, dass in Moabit keiner rein, sondern alle raus wollten. »Mist!«, zischte Klara, nachdem sie vergeblich an sämtlichen Fensterläden gerüttelt und an jeder Tür gerissen hatten. »Das ist mal wieder typisch. Diese Reichen gönnen einem nicht den klitzekleinsten Spaß.«

»Da oben«, sagte Otto.

»Was? Wo?« Klara hob den Kopf. Otto zeigte auf das winzige runde Fenster direkt unter dem Dachfirst. Das einzige Fenster, das nicht mit einem Fensterladen gesichert war.

»Vergiss es«, sagte Klara. »Das sind mindestens zehn Meter. Oder achtzig oder so.« Zahlen waren nicht gerade ihre Stärke. »Das schafft niemand. Nicht einmal du.«

»Es sind genau elf Meter und fünfzig Zentimeter.«

Das machte Otto keiner nach. Ein Blick reichte, und vor seinem inneren Auge baute sich das ganze Haus auf. Seine Augen wanderten über die Fassade, über Fensternischen, Erker, Haken, die in der Wand steckten, und winzige Vertiefungen, in denen seine Finger Halt finden könnten.

Für einen kurzen Moment zuckte ein Hauch von Bewunderung über Klaras Miene, dann sagte sie jedoch noch einmal: »Das schafft niemand.«

Otto tat, als habe er die Bemerkung überhört.

»Das Fenster ist zu«, legte sie nach.

»Es ist aus Glas«, erwiderte Otto.

»Und viel zu klein. Da bleibst du drin stecken.«

»Glaub ich nicht.«

»Lass es«, sagte Klara.

Aber Otto hatte sich bereits in die Äste eines Baumes geschwungen, der neben dem Haus stand. Schnee rieselte in seinen Nacken, er bemerkte es kaum. Geschmeidig wie eine Katze kletterte er nach oben und schob sich dann auf den Zweigen nach außen in Richtung Haus.

Wenn nur der verdammte Schnee nicht gewesen wäre. Auch wenn er ihn wegwischte, blieben die Äste glatt und rutschig. Und seine Finger waren steif vor Kälte.

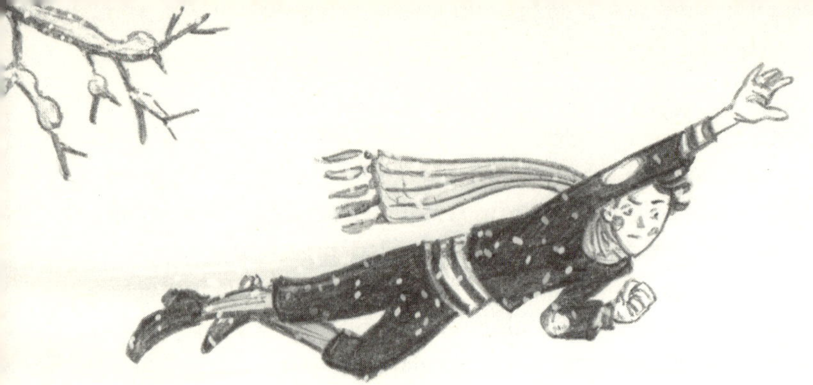

Otto spähte hinüber zur Hauswand. Der Abstand zur Fassade betrug höchstens zwei Meter. Das wäre ein Kinderspiel für ihn. Normalerweise.

»Tu's nicht!«, hörte er Klara zischen.

Er beachtete sie gar nicht. Sein Blick war fest auf den winzigen Mauervorsprung neben dem Erker gerichtet, den sein rechter Fuß erreichen musste. Mit der linken Hand würde er sich am Fensterbrett darüber festhalten, die rechte Hand musste nachgreifen, dann konnte er sich nach oben ziehen. Im Sommer hätte er das Dachfenster innerhalb von Sekunden erreicht. Aber es war nicht Sommer.

»Los, Otto«, hörte er jemanden flüstern.

Das war nicht Klara, sondern er selbst. Er spannte seinen Körper an, stieß sich ab und flog aufs Haus zu. Sein Fuß landete genau in der Vertiefung, aber die Wand war glatt, er rutschte sofort ab. Seine Hand packte nach dem Fensterbrett, zu spät, viel zu spät, er sauste nach unten. Ein schneebedeckter Zweig schlug ihm ins Gesicht, er würde sich das Genick brechen, aber im letzten Moment schnappte ihn jemand am Kragen und hielt ihn fest. Ein Riese, ein Ungeheuer hatte ihn gepackt, dachte er im ersten Schreck, aber dann stellte er fest, dass er an dem schmiedeeisernen Haken hängen geblieben war, an dem die Türglocke hing.

»Meine Nerven«, ächzte Klara, die direkt unter ihm stand. »Das reicht jetzt. Komm sofort runter!« Sie stampfte mit dem Fuß auf, dass der Schnee in alle Richtungen stäubte.

Otto schüttelte den Kopf. Nie und nimmer. Wenn er jetzt aufgab, dann würde sich Klara für den Rest ihres Lebens über ihn lustig machen. Sie würde allen immer wieder aufs Neue erzählen, wie er vom Baum gefallen war und wie eine Fledermaus am Glockenhaken gebaumelt hatte.

Entschlossen drehte Otto sich zur Hauswand. Er schwang sich am Haken nach oben, bis seine Finger Halt in einer Spalte zwischen zwei Ziegeln gefunden hatten. Auch seine Füße lösten sich von dem Haken. Eine Fußspitze links, eine rechts, er zog sich nach oben, suchte neuen Halt, kletterte weiter. Klara sagte jetzt nichts mehr. Als er nach unten blickte, sah er, dass ihr Gesicht weiß wie der Schnee war. Nur ihre Lippen waren blau. Aber darum konnte er sich jetzt nicht kümmern. Er schob sich immer weiter nach oben.

Klara war die geschickteste Taschendiebin der Schattenbande, beim Klauen machte ihr keiner was vor. Paule war ein begnadeter Tüftler und Erfinder; kein Panzerschrank, kein Schloss, kein Tresor waren vor ihm sicher. Und Lina … Lina war eben Lina. Ihre besonderen Fähigkeiten ließen sich nicht in ein paar Worte fassen. Otto aber konnte besser klettern als alle anderen Schatten zusammen.

Und auch diesmal schaffte er es. Er war oben. Während er sich mit der Linken am Dachfirst festhielt, glitt seine Rechte in die Hosentasche. Da war der große Kiesel, den er eingesteckt hatte, bevor er losgeklettert war. Er wog ihn einen Moment in seiner Hand. Hoffentlich war das Haus wirklich leer. Sonst würde man ihn sofort hören, wenn er jetzt die Scheibe zerschmiss.

Egal, dachte er. Er hob die Hand und schleuderte den Stein mit aller Kraft gegen das Fenster. Das Glas zersprang mit einem lauten Klirren. Er ballte seine Rechte zur Faust, schloss die Augen und stieß die Glassplitter nach innen. Als er die Augen wieder aufmachte, sah er, dass seine Hand blutete, aber es tat nicht weh. Das lag wahrscheinlich an der Kälte. Wenn er nun abstürzte und sich das Genick brach, würde er das vermutlich auch nicht spüren. Ein toller Trost.

Otto biss sich auf die Lippen, griff dann mit beiden Händen zum Dachfirst und schwang sich mit den Füßen voran durch die runde Fensteröffnung in den Raum. Klara hatte wieder mal recht gehabt, das war ziemlich eng. Verdammt eng.

Seine Beine rutschten durch, und auch sein Bauch flutschte nach, zum Glück hatte er in den letzten beiden Tagen so gut wie nichts gegessen. Aber seine Schultern waren zu breit, sie blieben im Fensterrahmen stecken. Er zappelte, strampelte, trat um sich und wand sich wie ein Fisch an der Angel. Hin und her und her und hin, irgendwie musste er da reinkommen!

Wenn doch noch jemand im Haus ist, dachte er plötzlich, dann stecke ich in der Falle – und zwar gründlich. Vielleicht wartete da drinnen im Zimmer bereits der Hausherr auf ihn, mit einem Gewehr im Anschlag. Oder noch schlimmer – ein Schupo mit Schlagstock und Handschellen. Otto konnte nicht sehen, was ihn erwartete, sein Kopf und seine Arme hingen immer noch draußen.

Ein letztes verzweifeltes Aufbäumen. Endlich! Nun kam Bewegung in die Sache, seine Schultern quetschten sich nach vorn, Arme und Kopf folgten. Er landete mit einem dumpfen Aufprall auf dem Fußboden, mit dem Hintern in den Glasscherben.

»Aaaaaaah«, hörte er seine eigene Stimme. Wahrscheinlich schreckte sogar die Goldelse auf der Siegessäule zusammen, so laut gellte sein Schrei.

Das lag nicht an den Glassplittern, die in seinem Po steckten. Die spürte er gar nicht. Er schrie, weil er sah, wer im Haus auf ihn gewartet hatte. Es war kein Hausbesitzer und auch kein Schutzpolizist.

Vor ihm stand der leibhaftige Tod.

2. KAPITEL,

in dem Klara untertaucht

Klara stampfte noch einmal auf dem Boden auf. Es war zum Verrücktwerden mit Otto. Warum hörte er nicht auf sie? Wann würde er endlich kapieren, dass Klara und kein anderer der Boss der Schattenbande war?

Über ein Jahr war es inzwischen her, dass sie zusammen mit Paule und Lina Kowalski aus dem Waisenhaus von Tante Elfi ausgebrochen und in die verlassene Schreinerei am Lützowufer gezogen waren. An ihrem ersten Tag in der Freiheit hatten sie die Schattenbande gegründet. *Wir sind die Schatten, schnell und schlau, keiner sieht sie je genau* – das war ihr Motto.

Seitdem schlugen sie sich mit Gelegenheitsarbeiten, Botengängen und Taschendiebstählen durch und hielten zusammen wie Pech und Schwefel. Ihre Entscheidung für ein hartes, aber freies Leben hatte keiner von ihnen auch nur eine Sekunde bereut. Es ging ihnen gut, auch wenn sie sich wohl alle im Moment an den Bollerofen im Schlafsaal des Waisenheims zurücksehnten.

Es könnte uns aber noch viel besser gehen, wenn Otto endlich mal einsehen würde, dass ich die Bestimmerin bin, dachte Klara finster. Aber nein, ständig musste er seinen eigenen Kopf durchsetzen. Diese Nummer mit der Hauswand zum Beispiel war vollkommen lächerlich. Er würde abstürzen und sich den Hals brechen, das war klar wie Kloßbrühe.

Klara spähte angsterfüllt nach oben. Nun war Otto schon im zweiten Stock angekommen. Gerade eben zog er sich an einem Fensterladen nach oben, der besorgniserregend in den Angeln quietschte.

»Ich k-k-kann da nicht mehr hing-g-gucken«, murmelte Klara. Ihre Zähne schlugen wieder aufeinander. Sie schlang die Arme um die Brust, hüpfte von einem Bein auf das andere, aber das half nichts. Sie brauchte einen heißen Ofen, eine dicke Decke, warme Suppe. Lindenblütentee mit viel Zucker, obwohl sie das Zeug eigentlich verabscheute.

Otto klebte an der Hauswand wie eine riesige Stubenfliege. Wenn er in diesem Tempo weitermachte, wäre es Mitternacht, bis er oben am Dach ankam. Jetzt rutschte er wieder ein Stück nach unten und Klara biss sich vor Schreck auf die Lippen. Nein, Schluss jetzt! Nicht hinschauen! Wenn Otto schon in sein Unglück stürzen wollte, dann konnte er das auch allein machen.

In der Zwischenzeit würde sie einen einfacheren Weg ins Haus finden. Das konnte doch nicht so schwer sein! Wäre Paule hier, hätte er schon längst das Schloss an der Eingangstür geknackt.

Vielleicht hatten sie bei ihrer ersten Runde irgendetwas übersehen. Sie schlich erneut um die Hausecke zur Terrasse hinter der Villa. Und blieb erschrocken stehen, als sie plötzlich ein Flüstern hörte.

»Es muss aber hier sein. Ich bin mir ganz sicher«, sagte eine helle Stimme.

»Wir finden es aber nicht«, wisperte eine zweite Person. »Hier liegt viel zu viel Schnee.«

Dann ertönte Gebell. Ein Hund! Klara machte auf den Fersen kehrt und wollte weg, aber es war schon zu spät. Ein pelziges Ungeheuer, das aussah wie ein kleiner Löwe, schoss um die Ecke und sprang aufgeregt kläffend und schwanzwedelnd an ihr hoch.

Zumindest beißt er nicht gleich zu, dachte Klara erleichtert. Im selben Augenblick war ihr jedoch klar, dass sie nicht mehr davonkommen würde: Zwei Mädchen tauchten an der Hausecke auf.

»Konfuzius!«, schrie die eine.

»Chop Suey!«, die andere.

Eigentlich war es *ein* Mädchen. Oder zweimal die gleiche Ausgabe *eines* Mädchens. Beide trugen Mäntel aus grauem Pelz, dazu einen passenden Pelzmuff, in dem ihre Hände steckten, knallrote Schals und Mützen. Und nicht nur die Klamotten waren gleich, sondern auch die Gesichter.

Zwei identische pausbäckige Gesichter mit Augen, blau wie Vergissmeinnicht, die Klara anstarrten. Der Miniaturlöwe bellte triumphierend wie ein Jagdhund, der eine halb tote Wildente aufgestöbert hat.

»Pingpong!«, rief das eine Mädchen.

Der Hund schien den seltsamen Befehl zu verstehen, jedenfalls klappte er das Maul zu und setzte sich zu ihren Füßen in den Schnee.

Klaras Herz hämmerte. Ob die Mädchen aus der Villa kamen? Vermutlich nicht, sonst wären das Haus nicht dunkel und die Fensterläden nicht verrammelt gewesen. Frechheit siegt, sagte Klara zu sich selbst und holte tief Luft.

»Wer seid denn ihr? Und was macht ihr in unserem Garten?« Es wirkte. Die Mädchen machten sofort ein betretenes Gesicht.

»Wir ... äh ...«, begann die eine.

»Konfuzius ...«, sagte die zweite.

»Das ist unser Hund«, ergänzte die erste.

»Er ist weggelaufen.«

»Wir dachten ...«

»... hier ist keiner.«

»Die Shuffleburgers sind doch ...«

»... vorhin abgereist.«

»Dafür wohnen wir jetzt hier«, erklärte Klara. »Wir sind die neuen Untermieter.«

»Wer ist denn *wir*?« Die Vergissmeinnichtaugen wurden noch größer.

»Ich bin Klara«, sagte Klara. »Und mein Bruder, der ist bereits im Haus.« Hoffentlich war Otto im Haus, dachte sie. Und lag nicht mit einem gebrochenen Bein vor dem Eingang.

»Wir wussten gar nicht, dass die Shuffleburgers schon Nachmieter gefunden haben. Wohnt ihr etwa allein hier?«

»Natürlich nicht«, erklärte Klara mit hochgezogenen Augenbrauen. »Unsere Eltern sind noch unterwegs. Sie kommen … äh … morgen.«

»Unterwegs?«, echote die linke.

»Mit dem Orientexpress.«

»Dem Orientexpress?«

Warum mussten die Mädchen eigentlich alles wiederholen, was Klara von sich gab? Dadurch erschien ihr das Ganze noch blödsinniger, als es ohnehin schon war.

»Bist du deshalb so komisch angezogen?«, fragte die Linke.

»Dein Mantel sieht lustig aus«, fand die Rechte.

Klara warf einen Blick auf ihren Mantel. *Lustig* war das falsche Wort – *zerlumpt* hätte die Sache besser getroffen. Aber zum Glück war es im Garten schon ziemlich dunkel.

»Unsere Eltern haben sich verspätet, weil der Zug im Schnee stecken geblieben ist«, log Klara. Kalt war ihr nicht mehr. Sie spürte, wie ihr vor Aufregung der Schweiß über den Rücken rann.

Die Mädchen schauten sich an. Fast gleichzeitig legten sie den Zeigefinger an die Lippen, dachten eine Sekunde nach, bis die eine sagte:

»Aber der Orientexpress hält gar nicht in Berlin. Wir sind nämlich schon mal damit gefahren, die ganze Strecke – von Konstantinopel bis Paris.«

»Das war schön«, seufzte die andere sehnsüchtig. »Im Salonwagen der Ersten Klasse gibt es die beste Schokolade, die wir je getrunken haben!«

Und die beiden Gören hatten schon ziemlich viel davon getrunken, dessen war sich Klara gewiss. Sie hingegen war in ihrem ganzen Leben noch nicht ein einziges Mal bis zum Wannsee gekommen, und der gehörte ja immerhin noch zu Berlin.

»Das weiß doch jeder«, hielt Klara dagegen. »Aber Mama musste dringend noch etwas besorgen, in Paris, und da sind wir …«

»Oh ja, man kann nirgendwo besser einkaufen als in Paris«, flötete die eine.

»Warum bist du denn nicht mitgefahren?«, zwitscherte die andere.

Klara beschloss, die Fragestunde zu beenden und zum Angriff überzugehen. Das war immer noch die beste Verteidigung. »Aber nun zu euch«, sagte sie barsch. »Wer seid ihr?«

»Ich bin Olympia«, sagte die eine.

»Und ich Sylvestra.«

»Prockauer-Waldenfels«, schlossen sie beide im Chor.

»Eigentlich *von*«, fügte Olympia hinzu. »*Von* Prockauer-Waldenfels.«

»Aber das *von* haben sie uns gestohlen. Weil euer Kaiser

und unser Kaiser den Krieg verloren haben und Österreich nun eine Republik ist.«

»Na so was«, sagte Klara. Sie verstand kein Wort. Wer hatte was gestohlen? Es war auch ganz egal, beschloss sie.

»Unser Vater ist der österreichische Botschafter«, sagte Olympia stolz, die offensichtlich die Wortführerin war. »Wir wohnen nebenan.« Sie deutete auf die von Hecken umrankte Mauer, die den Garten der Villa vom Nachbargrundstück trennte. Irgendwo musste es eine kleine Pforte geben, durch die die Mädchen geschlüpft waren. »Und Konfuzius ist uns entwischt. Deshalb sind wir hier.«

»Nur deshalb«, bekräftigte Sylvestra.

»Entschuldigung«, sagte Olympia. »Wir wussten nicht, dass die Shuffleburgers untervermietet haben.«

»Schon gut«, meinte Klara gnädig. »Seid ihr Zwillinge?«

Die beiden nickten im Gleichtakt. »Aber ich bin achtzehn Minuten älter«, erklärte Olympia.

»Wenn wir jetzt Nachbarn sind, können wir doch zusammen spielen«, schlug Sylvestra vor. »Wäre das nicht schön?«

»Klar«, meinte Klara. Spielen! Was für ein Quatsch! Für so etwas hatte keiner der Schatten Zeit. Aber das konnte sie den Gören natürlich nicht sagen. »Heute geht es nicht. Wir müssen noch auspacken.« Oder vielmehr einpacken. Sie musste unbedingt nach Otto schauen. Doch vorher musste sie diese Mädchen loswerden.

»Vielleicht morgen?«, fragte Olympia hoffnungsvoll.

»Warum nicht?«

Die Zwillinge lächelten ihr identisches Lächeln. Eigentlich waren sie ganz nett. Auf einmal tat es Klara fast leid, dass sie sie so belügen musste. Aber wenn sie ihnen die Wahrheit erzählt hätte, wären sie schreiend nach Hause gelaufen, um alles ihren Eltern zu petzen. Und die würden die Polizei alarmieren.

»Also dann.« Sylvestra hob die Hand und winkte zum Abschied. »Kungfu litschi, Konfuzius.«

Der kleine Löwe sprang auf und rannte in Richtung Hecke.

»Wieso sprecht ihr so komisch mit ihm?«, fragte Klara.

»Konfuzius ist ein reinrassiger Chow-Chow«, erklärte Olympia.

»Aus China«, sagte Sylvestra.

»Ihr redet Chinesisch mit dem Hund?« Klara war beeindruckt. »Alle Achtung.«

»Sonst würde er uns doch nicht verstehen«, sagte Olympia. »Bis morgen, Klara!«

Klara sah ihnen nach, bis sie in der Dämmerung verschwanden, die sich inzwischen über den Garten gelegt hatte. Sie fragte sich, was die beiden Mädchen wirklich gesucht hatten. Die Geschichte mit dem entlaufenen Hund hatten sie sich nur ausgedacht, da war sich Klara sicher. So schnell machte man ihr nichts vor. Auf der Straße lernte man, genau hinzuhören. Klara jedenfalls merkte, wenn ihr jemand einen Bären aufbinden wollte.

Sylvestra und Olympia wirkten allerdings ziemlich harmlos, dachte sie. Wer so schlecht log, musste harmlos sein. Wahrscheinlich waren sie nur neugierig und wollten sich das Haus mal angucken.

Sie stapfte weiter durch den Schnee um die Villa herum.

Vielleicht hatten sie und Otto vorhin etwas übersehen. Ein schadhaftes Fenster, eine kleine Öffnung. Als sie zur Rückseite des Gebäudes kam, entdeckte sie Fußspuren. Von den Mädchen konnten sie nicht stammen, es waren ziemlich alte Spuren. Sie führten vom Dienstboteneingang ein paar Meter in den Garten hinein.

»Warum geht jemand mitten im Winter vom Dienstboteneingang in den Garten?«, murmelte Klara.

Ganz bestimmt nicht, um Blumen zu pflücken oder Mohrrüben zu ernten.

Sie watete durch den knietiefen Schnee bis zu der Stelle, an der die Spuren endeten. Die Schneedecke war hier wellig und unregelmäßig, als ob sie jemand zertrampelt hätte, und dann war neuer Schnee gefallen und hatte alles bedeckt.

»Was war hier los?«, murmelte Klara und schob den Schnee mit dem Schuh zur Seite. Nach einer Weile ging sie in die Knie und begann mit beiden Händen zu schaufeln. Je weiter sie nach unten vorstieß, desto härter und eisiger wurde der Schnee. Aber sie gab nicht auf. Sie grub und grub, bis sie auf bräunlichen Rasen stieß. Und plötzlich hatte sie einen Ring in der Hand.

Ein großer, schwerer Eisenring, der an einem dicken Holzbrett angebracht war. Er war festgefroren, und Klara brauchte ihre ganze Kraft, um ihn anzuheben und nach oben zu ziehen. Schließlich gab er nach. Ächzend und keuchend hievte sie eine Falltür auf und klappte sie um.

»Ach du grüne Neune!« Sie pfiff leise durch die Zähne. Unter der Tür klaffte ein großes Loch.

Klara beugte sich über die Öffnung und starrte nach unten. Aber sie konnte nichts erkennen. Es war stockfinster. Was sich wohl in der Tiefe verbarg? Vielleicht hatte der Besitzer hier seine Schätze vergraben, um sie vor Dieben zu schützen? Klara unterdrückte ein Kichern. Da hatte er nicht mit der Schattenbande gerechnet!

Entschlossen richtete sie sich auf. Sie musste zurück zum Haus und Otto holen. Sie würden sich irgendwo eine Lampe besorgen und dann …Klara fuhr zusammen, als sie einen lauten Schreckensschrei hörte. Er kam von der Villa, da war sie sich ganz sicher. »Otto!«, japste sie und fuhr herum. Dabei trat sie auf den Schneehügel, den sie beim Freilegen der Falltür aufgehäuft hatte. Die oberste Schicht bestand aus großen, blanken Eisbrocken. Ihr Schuh rutschte ab, sie kam ins Schwanken, ruderte mit den Armen und rutschte über den Hügel auf das Loch zu.

»Hilfe!«, quietschte sie.

Aber natürlich kam niemand zu Hilfe. Ihre Finger suchten Halt und konnten gerade noch einen Ast fassen, der aus dem Schnee ragte. Leider war das Holz morsch und zerbröselte in ihren Händen. Ein letzter Schrei, dann plumpste sie wie ein Stein in den Abgrund.

Klara sauste ein paar Meter tief, bevor sie unsanft auf dem Po landete. Wieder griffen ihre Hände ins Leere, an den glatten Wänden fand sie keinen Halt. Und so ging es weiter. Sie rutschte, schneller und immer schneller. Als sie den Kopf drehte, sah sie über sich ein quadratisches Stück Himmel, das immer kleiner wurde.

Es war eine Art Tunnel, durch den sie in die Tiefe sauste. Am Ende der Rutschbahn wurde sie in die Dunkelheit katapultiert, flog ein kleines Stück durch die Luft und schlug dann auf dem Boden auf.

»Autsch!«, hallte ihre Stimme durch die Dunkelheit.

Pechschwarze, undurchdringliche, erbarmungslose Finsternis. Klara blickte nach oben. Der Himmel war nicht mehr zu sehen. Sie hielt ihre Hand vor die Augen und sah: nichts. Eine solche Dunkelheit hatte sie schon einmal erlebt – als sie das erste Mal durch die grüne Tür getreten und in der »Schwarzen Katze« gelandet war. Aber damals war sie zumindest nicht allein gewesen. Oscuro, der Dunkelmensch, hatte sie durch die Finsternis geführt, und augenblicklich sehnte sie sich nach der behaarten Pranke des seltsamen Wesens im Keller des Varietés.

Heute dagegen war sie mutterseelenallein.

Ihr linker Fuß tat ziemlich weh. Hoffentlich hatte sie sich ihn nicht gebrochen. Ihr fiel der Schrei aus dem Haus wieder ein. Sie schauderte. Steckte Otto vielleicht in noch größeren Schwierigkeiten als sie selbst? Klara biss die Zähne zusammen.

»Ich muss hier raus«, murmelte sie. »Otto braucht mich.«

Sie schloss die Augen, damit sie die Dunkelheit nicht sah, und fühlte sich sofort besser. Zumindest war es hier unten erheblich wärmer als draußen im Garten. Hier blies kein eisiger Nordwind und Schnee lag hier auch nicht.

Mit ausgestreckten Armen tastete sie sich voran. Nach ein paar Metern stieß sie auf einen riesigen Berg Steine. Edelsteine, dachte Klara zuerst hoffnungsvoll, aber als sie einen davon in die Hand nahm, stellte sie fest, dass er viel zu groß und kantig war. Und auch viel zu leicht. Diese Art von Steinen kannte sie, und plötzlich wusste sie ganz genau, wo sie sich befand.

Sie war im Kohlenkeller der Villa gelandet.

Natürlich, dachte Klara. Durch die Falltür wurde die Kohle direkt in den Keller geschaufelt. Auf diese Weise gelangten Schmutz und Staub gar nicht erst ins Haus.

Sie tastete sich an der Wand entlang, bis sie auf eine Tür stieß.

»Bitte, bitte, sei nicht abgeschlossen!«, flehte Klara leise. Aber ihre Bitte wurde wieder einmal nicht erhört. Die Tür war verschlossen und blieb auch zu, als sie an der Klinke rüttelte. »Verdammt!«

Sie lehnte sich mit dem Rücken an die Wand und ließ sich in die Hocke sinken. Denk nach, Klara, beschwor sie sich. Durch den Kohlenschacht kam sie nicht mehr nach draußen, sie musste einen Weg finden, die Tür zu öffnen.

Ihr fiel aber nichts ein.

Außer dass sie rasenden Hunger hatte. Und durstig war sie auch. Wie lange sie es wohl ohne Essen und Trinken hier unten aushielt? Einen Tag oder zwei? Nur nicht dran denken, ermahnte sie sich selbst.

Sie lauschte in die Dunkelheit. Was Otto wohl gerade machte? Vielleicht hatte er es ja doch geschafft, ins Haus zu kommen. Sie sprang wieder auf, knickte dabei aber fast ein, weil ihr rechtes Bein eingeschlafen war.

»Ist hier jemand?«, schrie sie laut und hämmerte mit beiden Händen gegen die Tür. »Otto? Bist du da? Hilfe!«

Als ihre Hände zu brennen begannen, hörte sie auf zu trommeln. Es ist sinnlos, dachte sie, ich verschwende nur meine Kräfte. Sie ließ sich wieder zu Boden sinken und vergrub das Gesicht in den Händen. Das konnte doch wohl nicht wahr sein!

Sie kämpfte mit den Tränen, als sie plötzlich ein Geräusch hörte. Ein leises Scharren, ein Kratzen an der Tür. Jemand drehte den Schlüssel im Schloss. Grelles Licht schlug ihr ins Gesicht und blendete sie so, dass sie hastig die Augen zukniff. Als sie sie wieder öffnete, erkannte sie die Umrisse einer Gestalt.

»Keinen Schritt weiter«, befahl eine feste Stimme. »Sonst muss ich leider zuschlagen!«

Wenn Klara es richtig erkannte, hielt das Wesen eine gewaltige Axt über dem Kopf.

3. KAPITEL,

das grässlich anfängt und vielversprechend endet

Der Tod starrte Otto an. Er hatte die Zähne gebleckt, sagte aber nichts. Auf dem Hosenboden sitzend, schob Otto sich langsam zurück, bis er nah genug am Fenster war. Aufspringen, ein Hechtsprung, hinaus! Mit etwas Glück landete er in den Ästen des Baums oder irgendein Haken würde ihn noch einmal halten.

Alles war besser als dieses grinsende Ding. Sogar eine grinsende Klara, wenn er ihr erklären musste, was passiert war.

Bevor er die Wand erreicht hatte, stieß sein Rücken an etwas Hartes. Ein Knirschen erfüllte den Raum, ein ächzendes Geräusch war zu hören. Dann berührte ihn etwas an der Stirn. Otto sprang auf.

»Aaaaaah«, gellte sein Schrei.

Der heimtückische Angreifer strich Otto über den Kopf, versuchte ihn einzuwickeln. Jetzt reichte es! Otto schlug um sich. Seine Arme wirbelten hin und her, der hinterhältige Kerl hauchte ihn mit seinem trockenen Atem an. Ein Gift, dachte Otto. Es brannte in seiner Lunge.

Er stolperte durch den Raum, da war eine Tür. Doch bevor seine Hand nach der Klinke greifen konnte, fiel er über etwas. Er starrte auf die verblichene Tapete. Und wartete auf den letzten, alles vernichtenden Schlag, der sein Leben beenden würde.

Aber nichts geschah.

Nach einer Weile nahm Otto allen Mut zusammen. Er blickte auf – und sah dem Tod in die Augen.

Tatsächlich grinste ihn ein Totenkopf aus einem lippenlosen Mund an. In den weißen Kiefern hingen noch die Zähne.

Der Kopf saß auf einem Gerippe, und er trug einen Strohhut mit unechten Kirschen und einer Margerite aus Seide, die die Motten schon ziemlich zerzaust hatten. Das Skelett baumelte an einem Gestell, Drähte hielten es zusammen. Die Schatten waren einmal in die Charité eingebrochen und hatten im Hörsaal für die Medizinstudenten ein solches Ding gesehen. Diesem hier fehlte allerdings ein Arm.

Otto atmete tief durch und schaute sich weiter um. Was ihn vorhin berührt hatte, war der Vorhang eines Himmelbetts gewesen, in dem schon lange niemand mehr geschlafen hatte, und von den Beinen hatte ihn eine alte Nähmaschine geholt, die mitten im Raum stand.

Er kam sich auf einmal furchtbar dumm vor. Gut, dass Klara dieses Schauspiel nicht mitbekommen hatte, dachte er erleichtert. Er trat ans Fenster und warf einen Blick nach unten, um ihr zuzuwinken, aber sie war nirgends zu sehen.

Er würde nach unten gehen und ihr die Haustür öffnen. Beim Gedanken an Klaras betretenes Gesicht musste er nun doch wieder grinsen. Diesmal hatte er allen Grund, über sie zu spotten, und nicht umgekehrt.

Als er zur Tür ging, tropfte Blut aus seiner Hand auf den Boden. Er musste ein Stück Stoff finden, irgendetwas, womit er die Wunde verbinden konnte. Schnell huschte er an dem Skelett vorbei und fühlte einen kalten Schauer über seinen Rücken laufen. Dann verließ er die Dachkammer und trat ins Treppenhaus.

Dort blieb ihm die Luft zum zweiten Mal weg.

Er stand auf einer kleinen Empore mit einem verschnörkelten, goldenen Geländer. Der Raum, auf den er hinunterblickte, erschien größer als die Schalterhalle im Anhalter Bahnhof und prächtiger als jeder Thronsaal. Ein paar Meter unter ihm hing ein riesiger Kronleuchter. Sein Kristallgehänge glitzerte verführerisch im Sonnenschein, der durch das große Oberlicht fiel. Eine kleine Wendeltreppe führte hinab in die zweite Etage. Von dort wanden sich rechts und links zwei breite Freitreppen in den ersten Stock und schließlich ins Erdgeschoss hinab.

Mit vorsichtigen Schritten machte sich Otto auf den Weg nach unten. Die Wunde in seiner Hand hatte inzwischen aufgehört zu bluten. Auf der Empore im zweiten Stockwerk trat er durch eine Flügeltür in eine Bibliothek; drei Wände waren bis unter die Decke mit Büchern bedeckt, an der vierten hingen abscheuliche Masken aus schwarzem Holz, die Otto hasserfüllt anstarrten.

Daneben befand sich ein Schlafzimmer. Kinderspielzeug lag auf dem Boden und eine kleine Eisenbahn stand noch auf den Gleisen. Otto versuchte, die Lokomotive in Gang zu setzen, aber sie funktionierte nicht.

Der nächste Raum gehörte der Tochter des Hauses, wie unschwer an der Puppenstube und dem Kaufmannsladen zu erkennen war. Otto war noch nie im Zimmer von anderen Kindern gewesen, schon gar nicht von einem Mädchen. Er kannte niemanden, der über ein solches Reich verfügte.

Auf dem Nachttisch stand ein Kästchen aus schwarzem Lack, der Deckel war mit schimmerndem Perlmutt verziert. Otto konnte nicht widerstehen. Er öffnete den Deckel und schrie auf, als ihm ein Kobold entgegenschoss, ein höhnisches Grinsen auf dem hölzernen Gesicht.

Hastig klappte er das Kästchen wieder zu. Was tat er hier überhaupt? Er vergeudete seine Zeit mit Spielsachen, anstatt das Haus zu durchsuchen und Klara einzulassen. Otto rannte die linke Freitreppe hinunter in den ersten Stock und weiter ins Erdgeschoss. Links und rechts gingen breite Türen ab, über ihm glitzerte der Kronleuchter.

Plötzlich zerriss ein lautes Poltern und Hämmern die Stille im Haus. Otto hörte eine Stimme, die etwas schrie – oder war es das Heulen eines Tieres? Er fuhr herum und riss die Tür zu seiner Rechten auf. Von dort kam der Lärm. Durch einen breiten Gang hastete er in einen dunklen, großen Raum. Als er das Licht andrehte, erkannte er, dass es die Küche war. Töpfe und Pfannen glänzten golden und rötlich über dem riesigen Herd. War das Poltern von hier gekommen? Inzwischen war alles wieder still.

Nein, nicht ganz. Otto hörte ein leises Geräusch, es klang wie ein Stöhnen. Es drang durch die schmale Tür in der hinteren Wand. Vielleicht war dort jemand eingesperrt? Der Schlüssel steckte im Schloss. Otto nagte an seiner Unterlippe. Sollte er einfach abhauen? Wahrscheinlich wäre es das Beste. Aber er schaffte es nicht, sich abzuwenden. Er musste wissen, was sich auf der anderen Seite der Tür verbarg. Er griff hinter sich und bekam eine große Bratpfanne zu fassen, die an einem Haken von der Decke baumelte. Dann drehte er den Schlüssel und zog die Tür auf. Sein Herz blieb fast stehen, als auf der Schwelle eine pechschwarze, vermummte Gestalt auftauchte.

»Keinen Schritt weiter«, befahl er. »Sonst muss ich leider zuschlagen.«

»Keine Panik, Ottochen!«, kicherte der schwarze Unbekannte. »Bin doch nur ich! Deine olle Freundin!«

Otto kniff die Augen zusammen. Tatsächlich. Unter dem rußverschmierten Monster verbarg sich Klara. Er ließ die Pfanne sinken.

»Was machst du denn hier?«

»Och, ich wollte mich nur mal umgucken, ob bei dir alles in Ordnung ist!«

»Und wie siehst du aus? Du bist ja vollkommen verdreckt!«

»Das ist Kohle, Otto. Da unten lagern genug Briketts für mindestens fünf Jahre. Wir sind gerettet! Aber du bist dafür voller Blut. Hast du wieder mal jemanden ermordet?«

»Quatsch«, sagte Otto. Er erinnerte sich nicht gerne daran, wie eine hinterhältige Bande im letzten Sommer versucht hatte, ihm den Mord an der Großfürstin Drosskova in die Schuhe zu schieben. »Ich hab mich geschnitten.«

»Schlimm?«

Er winkte ab. »Willst du das Haus mal sehen? Das ist ganz große Klasse.«

»Kann ich mir vorstellen. Der Kohlenkeller ist auch nicht übel. Ob's hier auch was zum Mampfen gibt?«

Otto ging zu einem der hohen Schränke, die die ganze Rückwand der Küche einnahmen, und öffnete ihn.

»Ich krieg die Motten!«

In deckenhohen Regalen stapelten sich Schüsseln, Teller, Tassen, Gläser und Kuchenplatten. Ganze Berge von Geschirr. Im Schrank daneben lagerten Tischdecken, silberne und goldene Kerzenständer und Weinkaraffen in allen Größen.

»Alles da. Nur kein Essen«, sagte Klara.

Otto zuckte mit den Schultern und öffnete eine schmale Tür neben dem Fenster. »Vielleicht hier?«

Es war die Speisekammer. Aber abgesehen von ein paar Konservendosen mit Heringen, Leberwurst und Büchsenmilch sowie einigen Gläsern mit Eingemachtem waren die Regale fast leer.

Klara verzog das Gesicht. »Leider scheinen die Herrschaften mehr Geschirr als Essen im Haus zu haben. Na, zumindest haben wir genügend Kohle. Wir brauchen einen Leiterwagen, um sie zu transportieren.«

»Gibt's hier bestimmt irgendwo. Aber wir müssen uns beeilen. Wer weiß, wann die Hausbesitzer wieder hier sind.«

»Ich glaub nicht, dass die so schnell zurückkommen. Als du ins Haus eingestiegen bist, hab ich die Nachbarn kennengelernt. Zwei Mädchen aus dem Haus nebenan. Ich hab ihnen erzählt, dass wir die neuen Untermieter sind.«

»Du hast … was? Bist du verrückt? Die haben doch inzwischen längst ihren Eltern Bescheid gesagt und …«

»Keine Bange«, beruhigte ihn Klara. »Die haben mir das geglaubt. Diese Schaffelsberger, oder wie die heißen, scheinen wirklich länger weg zu sein. Sonst wären hier doch Diener, Köche, Küchenjungen, Kammerzofen. Ein Mädchen, das den Herrschaften die Mäntel abnimmt und ihnen ihre Pantoffeln reicht, sobald sie durch die Tür treten. Und die Speisekammer wäre auch voll.«

»Hm«, sagte Otto. Ganz überzeugt war er nicht.

»Ich hab 'ne Idee«, meinte Klara.

»Du läufst zurück zum Lützowufer und holst Paule und Lina.«

»Und dann?«

»Ziehen wir hier ein.«

»Wie bitte?«, fragte Otto. »Du hast sie wohl nicht mehr alle! Du willst hier wohnen?«

»Nur für eine Nacht oder zwei. Oder drei. Oder eine Woche. Stell dir das mal vor: eine Badewanne mit heißem Wasser, ein breites, weiches Bett mit einer flauschigen Daunendecke und ein Kleiderschrank voller warmer Klamotten und Strümpfe ohne Löcher …«

Klaras Worte säuselten durch Ottos Gehirn, alles was sie sagte, konnte er sich augenblicklich vorstellen. »Feuer im Kamin«, hörte er sich selbst flüstern. »Heißer Tee mit Kandiszucker ...«

»Wäre doch gut, oder?«, sagte Klara.

Natürlich wäre das gut, dachte Otto. Aber dieses Haus gefiel ihm nicht. Das Skelett auf dem Speicher, die seltsamen Masken in der Bibliothek, der abscheuliche Kobold in dem Kästchen. Das war ein Geisterhaus. Aber das konnte er Klara nicht sagen, sie hätte ihn nur ausgelacht. »Und wenn die Leute plötzlich zurückkommen?«

»Dann hauen wir ab. Tagsüber passen wir auf, und für nachts tüftelt Paule uns was aus, irgendwas, das uns warnt. Und schwups sind wir verschwunden, bevor die auch nur die Haustür aufgeschlossen haben.«

Otto zögerte. Klara hatte recht, und dennoch ...

»Also?«, fragte sie.

»Also gut. Ich hol sie.«

Draußen hatte es wieder zu schneien begonnen. Als Otto die Haustür öffnete, tanzten die Schneeflocken vor seinen Augen. Was für eine Überwindung das war, aus dem Haus in die Kälte zu treten.

»Lass das Tor auf«, sagte Klara. »Schieb einen Stein oder ein Stück Holz in die Öffnung, damit wir raus und rein können, solange wir hier sind.«

»Einverstanden.«

»Ich mach schon mal Feuer«, sagte Klara. »Bis ihr zurückkommt, ist hier alles warm.«

4. KAPITEL,

in dem Paule sein Herz verliert

»Sie sind verhaftet!«, knurrte eine tiefe Stimme.

Bevor Klara die Augen aufreißen konnte, hatte man ihr schon eine Bettdecke über den Kopf gestülpt. Verhaftet? Sie aus diesem Traum zu reißen, war ganz sicher ein Verbrechen, das stand fest.

Gerade war sie auf einer Südseeinsel aus dem warmen Meer gestiegen, zwei Dienerinnen in luftigen Blumengewändern hatten sie in einen flauschigen Morgenrock gehüllt und ihr den Saft von Früchten gebracht, deren Namen sie noch nie gehört hatte. Süß und rosa und nach Sonne schmeckte er.

»Einbrecher!«, brüllte der Angreifer.

Jetzt war Klara hellwach. Sie strampelte mit den Beinen und

versuchte sich aus der Umklammerung zu befreien. Langsam kamen auch die Erinnerungen zurück.

Die Villa, Otto, der losgezogen war, um Paule und Lina zu holen, das heiße Bad, das sie nehmen wollte. Aber dann hatte sie es nicht mehr geschafft, den Badeofen zu heizen. Der Anblick der Betten im Kinderzimmer war so unwiderstehlich gewesen! Nur ein klitzekleiner Versuch, ein Test, ob die Daunenbettdecken hielten, was sie versprachen, hatte genügt. Sie war sofort eingeschlafen.

Aber nun war sie wieder wach. Die Hausbesitzer waren zurückgekommen, sie war aufgeflogen, es war alles aus.

»Ipmf bünn nisch eengbrchn …«, versuchte sie sich zu verteidigen.

»Diebstahl, Mord und Totschlag!«, kreischte plötzlich eine andere Stimme.

Die dazugehörige Person warf sich am Fußende auf das Himmelbett und kugelte sich vor Lachen.

Klara warf die Decke zurück.

»Lina! Paule!«, rief sie.

»Was ist denn hier los?«, hörte sie Ottos Stimme. Er schob mit dem Knie die Tür auf, in den Händen hielt er ein Tablett.

»Kleener Scherz«, verteidigte sich Paule, der mit nackten Füßen auf der Matratze hopste.

Mit einem weit ausholenden Schlag donnerte Klara ihm eines der Kopfkissen vor den Bauch, sodass er rückwärts aufs Bett plumpste. Erst jetzt fiel ihr auf, dass er einen karierten Schlafanzug trug. Sie musste lachen. So hatte sie Paule noch nie gesehen. Lina nutzte die Gelegenheit, um ihrem Bruder zu Hilfe zu kommen.

Mit einer Nackenrolle versetzte sie Klara ein paar Schläge

auf den Kopf. In Windeseile war eine Kissenschlacht ausgebrochen.

Nur mit Mühe konnte Otto das Tablett in Sicherheit bringen. »Früüüüüühstück!«, rief er so laut er konnte.

»Frühstück!«, seufzte Klara.

Sie wusste kaum noch, was dieses Wort bedeutete. Und dann auch noch Frühstück im Bett. Das gab es eigentlich nur in den Kinofilmen, in die sich Lina und Klara manchmal schlichen, wenn der Kartenabreißer am Eingang nicht aufpasste oder von Paule abgelenkt wurde.

Otto stellte das Tablett mitten aufs Bett. Heißer Kakao, der braun und sämig in den Tassen schwappte. Ein Schälchen mit sauren Gurken, Himbeermarmelade, süßer Senf, Rosinen, Erdnüsse und ein Teller mit Ölsardinen.

»Sardinen zum Frühstück. Ick glaub, ich spinne!«, sagte Paule.

»Glaub ich auch«, erwiderte seine Schwester und schnappte sich eine Salzgurke.

»Die Speisekammer lässt leider zu wünschen übrig, gnädige Frau.« Otto näselte wie ein vornehmer englischer Butler. »Die Milch für den Kakao hab ich von den Nachbarn geliehen.«

»Geliehen?«, fragte Lina.

»Die Kanne stand vor dem Haus. Da musste ich einfach zugreifen, ich musste sie doch vor dem Einfrieren retten!« Er wischte sich die Finger an der Bettdecke ab.

»Otto!«, ermahnte ihn Klara. Dabei war der Decke anzusehen, dass Klara sich nicht einmal das Gesicht gewaschen hatte, bevor sie ins Bett gesprungen war. Der blütenweiße Damast war grau von Kohlenstaub.

Paule nahm seine Tasse. »Jeht doch nüscht über 'ne jute

Tasse Schokolade am Morjen«, sagte er zufrieden, aber dann zuckte er plötzlich zusammen und verschüttete die Hälfte des Kakaos auf dem Bett.

Die Türklingel im Erdgeschoss hatte geläutet.

Klaras Herz machte vor Schreck einen Satz. »Die Polente?«, flüsterte sie.

»Oder Besuch für diesen Schaffeldingsbums und seene Familie«, wisperte Paule.

»Oder nur der Briefträger?«, meinte Lina hoffnungsvoll.

Es klingelte erneut.

»Wa tun so, als wärn wir nich da«, schlug Paule vor.

»Das klappt nicht«, meinte Klara. »Die Fensterläden stehen offen und der Kamin raucht. Wir müssen aufmachen.«

Otto runzelte die Stirn. »Einverstanden«, sagte er schließlich. »Aber wir gehen nicht alle runter. Ich öffne die Tür und ihr versteckt euch in der Küche. Wenn es wirklich die Polente ist, könnt ihr durch den Hinterausgang raus.«

»Und du?«, fragte Klara besorgt.

»Ich komm nach.« Er sprang vom Bett und ging zur Tür. »Irgendwie. Wird schon schiefgehen.«

Durch die halb offene Küchentür hörte Klara Ottos Stimme, aber leider konnte sie ihn nicht sehen. Gerade klingelte es zum dritten Mal. Dann hörte sie die Tür quietschen.

»Hallo!«, flöteten zwei helle Stimmen. Zwei exakt gleiche Stimmen.

»Guten Tag.« Das war Otto.

»Wir sind Olympia ...«

»... und Sylvestra ...«

»... Prockauer-Waldenfels«, erklärten die Besucherinnen.

Klara fiel ein Stein vom Herzen. »Das sind die beiden Mädchen von nebenan«, flüsterte sie Lina und Paul zu. »Die sind neugierig, aber harmlos. Gott sei Dank!«

»Wir wollen …«

»… zu Klara«, sagten Olympia und Sylvestra.

»Die ist …«

»Hier!«, rief Klara und rannte zum Eingang. »Ihr bleibt in der Küche«, rief sie Lina und Paule noch zu, aber natürlich hörten die beiden nicht auf sie, sondern liefen ebenfalls zur Tür.

Die Zwillinge trugen wieder ihre grauen Pelzmäntel und die leuchtend roten Mützen. Sie strahlten von einem Ohr zum anderen. Zu ihren Füßen schnaufte und wedelte Konfuzius.

»Ick glaub, ick schiele«, sagte Paule beeindruckt.

»Oh, ihr seid aber viele!«, rief Olympia – oder war es Sylvestra? Klara konnte die beiden unmöglich auseinanderhalten. »Seid ihr Geschwister?«

»Jawoll«, sagte Paule und streckte erst Olympia und dann Sylvestra seine Hand hin oder umgekehrt. »Paule Kowalski. Anjenehm.«

Die Zwillinge knicksten im Gleichtakt. »Und eure Eltern? Wo sind die?«

»Die schlafen noch«, sagte Klara. »Schsch!« Sie legte den Finger an die Lippen und deutete nach oben. Die Zwillinge nickten verschwörerisch.

»Also. Was gibt's?«, fragte Klara.

»Wir wollten fragen, ob ihr zum Spielen rauskommt«, sagte Olympia oder Sylvestra.

»Unser Hauslehrer ist nämlich krank. Wir haben den Vormittag frei.«

»Das geht …« leider nicht, wollte Klara sagen, aber Paule war schneller.

»Aber klar doch!«, rief er begeistert. »Ick bin dabei. Hol nur schnell meenen Mantel.« Er flitzte die Freitreppe in großen Sprüngen hinauf, aber auf dem obersten Absatz rutschte er aus und holperte sämtliche Stufen auf dem Bauch wieder nach unten. Mit knallrotem Kopf rappelte er sich auf.

»Hoppla!«, riefen die Mädchen im Chor. »Wehgetan?«

»Allet bestens«, log Paule und rieb sich die Stirn, an der in Windeseile eine Beule wuchs. »Nüscht passiert.«

Klara hätte Paule ohrfeigen können, und sie wusste, dass es Otto ganz genauso ging. Anstatt die beiden Mädchen abzuwimmeln, warf er sich ihnen geradezu an den Hals. Eins stand fest: Sie durften ihn auf keinen Fall allein mit den Zwillingen lassen. Sonst würden die beiden im Nu aus ihm herauskitzeln, dass es ihre Orientexpress-Eltern in Wirklichkeit gar nicht gab.

»Warum geht ihr nicht einfach schon mal in den Garten«, schlug Otto vor. »Wir ziehen uns an und kommen nach.«

»Na klar! Aber beeilt euch! Wir müssen um Punkt zwölf zum Mittagessen zu Hause sein.« Die Zwillinge schauten gleichzeitig auf die Armbanduhren, die an ihren Handgelenken schimmerten.

Gold, dachte Klara, die Uhren sind aus purem Gold. Sie erwischte sich dabei, wie sie sich ausrechnete, was Rotze Rosenblut wohl dafür rausrücken würde, aber dann schlug sie sich in Gedanken selbst auf die Finger.

Kaum hatte sich die Tür hinter den Mädchen geschlossen, brach in der Villa ein Sturm der Entrüstung los.

»Wie konntest du nur, Paule?« – »Hast du sie noch alle?« – »Das ist ja nicht zu glauben!«

»Paule Kowalski … anjenehm«, äffte Klara ihn nach. »Fehlt nur noch die Adresse, falls sie dir mal schreiben wollen.«

»Wat habta denn?«, fragte Paule beleidigt. »Ick wollte nur nett sein. Ick find die beede nämlich echt dufte.«

»Paule«, sagte Otto. »Hast du vergessen, dass das nicht unser Haus ist? Wir sind hier eingebrochen.«

»Na und? Dit wissen die doch nich.«

»Das dürfen sie auch nicht wissen. Aber je mehr sie von uns erfahren, desto schneller kommen sie uns auf die Schliche.«

»Quatsch mit Soße. Ick werd denen bestimmt nüscht verraten. Die Mädels sind in Ordnung, dit flüstert mir meen Menschenvastand. Vor allem die Olympia.«

»Ach«, meinte Klara verächtlich. »Welche war denn Olympia?«

»Natürlich die Linke. Oder die Rechte.« Paule war schon wieder an der Treppe. »Ick jeh mir umziehn. Wenn ihr wollt, könnt ihr ja drinnebleiben.«

»Du träumst wohl«, meinte Klara.

Sie suchten in den Schränken nach passenden Mänteln, Schals, Handschuhen und Stiefeln. Lina kämmte ihre Haare, Klara setzte sich eine neue Mütze auf.

Otto schrubbte sich das Gesicht und die Hände, hielt den Kopf unter den Wasserstrahl am Waschbecken und bediente sich sogar bei der Pomade, die er großzügig in den feuchten Haaren verteilte. Als Klara ihn so sah, brach sie in schallendes Gelächter aus.

Otto wurde knallrot. Sein Versuch, das Zeug mit einem Handtuch wieder aus den Haaren zu wischen, misslang.

»Lass doch, dit sieht schnieke aus«, ermunterte Paule ihn, der sich mithilfe der fettigen Creme ebenfalls einen schnurgeraden Scheitel zog. »So sin' se, die Reichen!«

Er stolzierte in einem karierten Anzug aus feinster Wolle durch das Zimmer der Mädchen, in dem sich alle gegenseitig bewunderten. Paule hatte wirklich den Vogel abgeschossen.

»Det Zeugs passt wie angeschmiert, und kiek ma: echte Perlmuttknöppe.«

Als sie kurz danach aus dem Haus stürmten, stellte Klara mit Verwunderung fest, dass ein paar ordentliche Sachen aus den Schatten ganz normale Kinder gemacht hatten. Geradezu schicke Kinder, die niemand verjagen würde, wenn sie durch die vornehmen Läden an der Friedrichstraße schlendern würden. So einfach war das.

»Da seid ihr ja endlich.« Olympia und Sylvestra hatten in der Zwischenzeit einen großen Schneemann gebaut. Eine der beiden drückte ihm gerade zwei Kieselsteine als Augen ins Gesicht. Die andere knickte einen Zweig für den Mund.

»Schön, oder?«

»Janz jroße Klasse!«, strahlte Paule.

Meine Güte, dachte Klara, Paules Begeisterung für die beiden Mädchen war kaum auszuhalten. Lina teilte offensichtlich Klaras Meinung. Sie feuerte ihrem Bruder einen Schneeball in den Nacken.

»Spinnst du, du olle Trulla?«

Er wollte sich auf sie stürzen, aber Lina wich ihm aus, sodass er in den Schnee purzelte.

»Pardauz!« Olympia und Sylvestra kicherten. »Du fällst aber oft hin.«

Paules Kopf leuchtete rot wie eine Erdbeere in einem Klecks Schlagsahne. Wütend warf er einen Schneeball nach seiner Schwester. Klara mischte sich ein, aber ihr Schneeball traf Otto, der sich sofort rächte. In wenigen Minuten verwandelte sich der Garten in ein Schlachtfeld.

Die Schneebälle flogen kreuz und quer, jeder kämpfte gegen jeden, Konfuzius sprang zwischen ihnen auf und ab und versuchte, die Geschosse mit der Schnauze zu fangen. Sie tobten ums Haus herum, wo Klara zu ihrem Schreck bemerkte, dass die Klappe zum Kohlenkeller immer noch offen stand. Warum hatte sie gestern nicht daran gedacht, sie zu schließen!

»Oh!« Olympia oder Sylvestra blieb keuchend stehen. »Was ist das denn?«

»Nichts.« Klara rannte zu der Öffnung und schloss den Deckel.

»Ein Loch im Boden.« Auch die andere Schwester schien sehr interessiert zu sein.

»Da geht's in den Kohlenkeller«, sagte Klara. »Irgendjemand hat vergessen, die Klappe zuzumachen.«

»Gefällt euch das Haus eigentlich?«, fragte Olympia.

»Klar«, sagte Klara. »Es ist …« – ein Traum, wollte sie sagen, aber sie waren reiche Kinder, und für reiche Kinder war eine Villa wie diese kein Traum, sondern normal – »… ganz schön.«

»Na ja«, sagte Sylvestra. »Dann ist es ja gut.«

»Was soll das denn heißen?«, fragte Otto misstrauisch.

»Na ja«, wiederholte Sylvestra noch einmal. »Die Leute erzählen sich so komische Sachen.«

»Und was?«

»Lass das doch, Sylvestra«, meinte jetzt Olympia. »Sind doch nur Gerüchte.

»Ich will es aber wissen«, erklärte Otto.

Sylvestra zog die Nase kraus. »Die Leute sagen, dass es hier spukt. Hier hat nämlich vor vielen hundert Jahren mal eine Frau gewohnt, die hat sich umgebracht.«

»Sind die Shuffleburgers deshalb weg?«, fragte Otto.

»So ein Quatsch«, sagte Klara, bevor eines der Mädchen antworten konnte. »Gespenster gibt es doch gar nicht.«

Lina öffnete den Mund, um etwas zu sagen, aber Klara funkelte sie so wütend an, dass sie ihn schnell wieder zuklappte. Otto jagte das dumme Gerede der Zwillinge Angst ein, das merkte Klara ganz genau. Und wenn sie so weitermachten, dann würde er darauf bestehen, dass sie ihre Sachen packten und auszogen. Aber das wollte sie auf keinen Fall.

»Nich schlappmachen, Leute, es jeht weita!«, schrie Paule und feuerte Klara einen Schneeball in den Nacken. Die Schlacht ging wieder los. Bis Olympia erschöpft abwinkte.

»Gnade bitte«, japste sie. »Ich kann nicht mehr. So viel Spaß hatten wir schon lange nicht mehr, oder Sylvestra?«

Sylvestras Gesicht verdüsterte sich. »Ganz bestimmt nicht.«

Beide Schwestern standen mit hängenden Schultern da, obwohl sie vor einer Minute noch gejuchzt und gejubelt hatten. Paule trippelte verlegen von einem Bein auf das andere. Klara wischte sich den Schnee aus dem Nacken und Lina seufzte laut.

»Was ist los?«, fragte Klara.

»Ich hab das alles so satt«, antwortete Sylvestra traurig.

»Wovon redet ihr?«, fragte Lina. »Was habt ihr satt?«

»Unser Leben«, sagte Olympia. »Unsere Eltern überwachen uns auf Schritt und Tritt. Sie haben panische Angst, dass uns was passieren könnte.«

»Was denn?«, fragte Otto.

»Na, dass wir entführt werden zum Beispiel. Unser Vater ist doch Botschafter und unsere Familie ist nicht gerade arm.«

»Nichts dürfen wir mehr machen«, jammerte Olympia.

»Es ist unerträglich«, klagte Sylvestra.

»Gestern hat Papa gesagt, dass wir ohne Aufsicht nicht mal mehr in den Garten dürfen«, schluchzte Olympia.

»Och, nich weinen«, sagte Paule. »Sonst fang ick auch gleich an.«

Sylvestra holte ein Taschentuch hervor und trocknete sich die Tränen, die gar nicht geflossen waren. Klara jedenfalls hatte sie nicht gesehen.

»Das verstehe ich aber nicht«, mischte Otto sich nun ein. »Ihr seid doch im Garten. Und nicht mal in eurem, sondern in unserem. Und eine Aufsicht sehe ich auch nicht.« Vorsichtshalber blickte er sich aber noch mal nach allen Seiten um.

»Wir haben unsere Eltern ja auch reingelegt «, erklärte Sylvestra und grinste schelmisch, obwohl sie eben noch geweint hatte. »Eigentlich hätten wir gerade Unterricht bei unserem Hauslehrer.«

»Aber Herr Schwarzbach ist auf dem Eis ausgerutscht und hat sich das Bein gebrochen.«

»Aber das haben wir für uns behalten. Wir haben uns angezogen und sind heimlich aus dem Haus geschlichen. Sonst hätten wir euch niemals besuchen können.«

»Na, ihr seid aber mächtig schlau!«, rief Paule.

Nun strahlten die beiden wieder. »Ihr verpfeift uns doch nicht?«, fragte Olympia ängstlich. »Wenn das rauskommt, dann sperrt unser Vater uns ein.«

»Natürlich nicht«, versicherte Klara. Die Zwillinge verpetzen? Sie hatten nun wirklich andere Sorgen!

Olympia blickte auf ihre Uhr und seufzte. »Schon fünf …«

»… vor zwölf«, ergänzte ihre Schwester.

»Wir müssen …«

»… nach Hause.«

»Och, schade«, fand Paule.

»Tangram, Konfuzius«, rief Olympia. »Chop Suey!«

Der Chow-Chow bellte aufgeregt, dann kam er zu Olympia.

»Wat?«, fragte Paule.

»Das ist Chinesisch«, erklärte Klara. »Der Hund ist nämlich Chinese.«

»Tangram heißt *Sitz!*«, sagte Olympia.

»Und Pingpong bedeutet *Aus!*«, fügte Sylvestra hinzu. »Sollen wir morgen wieder spielen? Oder vielleicht heute Nachmittag?«

»Aber klar doch!«, schrie Paule und machte einen Luftsprung, bevor einer der anderen etwas entgegnen konnte.

»Wir kommen euch abholen!«, flötete Olympia. Sie packte ihre Schwester an der Hand und verschwand mit ihr um die Hausecke.

»Das war so was von dämlich, Paule«, zischte Klara.

»Oberblöd«, flüsterte Otto. »Du hast ja wohl den Verstand verloren.«

Paule reagierte nicht. Er starrte zu der Hausecke, hinter der die Mädchen verschwunden waren.

»Paule! Was ist …?«

Paule stand einfach da. Seine Kinnlade stand offen. Seine Mundwinkel kitzelten fast die Ohrläppchen, die Augen glänzten. »Olympiaaa …«, seufzte er.

Lina wedelte mit den Fingern vor seinem Gesicht.

»Ick …« Paule zuckte zusammen. Er schüttelte sich.

»… bin volle Granate vaknallt!«, ahmte Lina ihren Bruder nach.

»Spinnst wohl!«, erwiderte Paule. »Det is doch 'n schöner Name. Olympia, meene ick, mehr wollt ick jar nich sajen.«

Otto seufzte. »Eines steht fest: Die Mädchen haben wir am Hals, das kann ich euch flüstern. Die rücken uns so schnell nicht mehr von der Pelle.«

Paule strahlte.

5. KAPITEL,

in dem alles Mögliche verschwindet

Am nächsten Morgen öffnete Otto die Haustür und spähte in den Garten. Über Nacht war neuer Schnee gefallen, die Bäume und Büsche bogen sich unter dem Gewicht der Schneemassen. Er verschränkte die Arme vor der Brust und verzog das Gesicht. Sollte er wirklich da raus, um an den Zufahrten der Nachbarvillen nach Milchkannen zu suchen? Er hatte erbärmlich schlecht geschlafen. Die ganze Nacht hatte er Geräusche gehört, Schritte, ein leises Wispern und hämisches Gelächter. Er hatte sich vorgestellt, dass das Skelett mit dem Strohhut oben im Dachboden sein Unwesen trieb. Irgendwann war er sogar aufgestanden und ins Treppenhaus gegangen. Aber nach ganz oben hatte er sich nicht getraut.

Jetzt, im hellen Tageslicht, kam ihm seine Angst dumm und albern vor.

Milch. Sie brauchten Milch, sonst würde das Frühstück noch karger ausfallen als am Vortag. Er schlug den Kragen hoch und stapfte durch den verschneiten Garten. Klara hatte den Torschlüssel an einem Haken in der Küche gefunden, sodass sie die Zufahrt nun nicht mehr offen lassen mussten, wenn sie das Haus verließen.

Schnee rieselte von den schmiedeeisernen Zacken des Tors auf Ottos Mütze, als er es aufzog und auf die Straße trat. Einen einzigen Schritt, dann wich er in wilder Panik zurück in den Garten.

Die Straße wimmelte vor Polizisten.

Schupos in Uniform und Beamte der Kriminalpolizei in langen Mänteln, die Hüte tief ins Gesicht gezogen, die Hände auf dem Rücken verschränkt, patrouillierten den Gehsteig entlang.

Ottos Herz raste. Sie suchen uns, dachte er. Und erkannte im gleichen Moment, dass das Blödsinn war. Ein solches Polizeiaufgebot setzte sich bestimmt nicht in Bewegung, nur weil vier junge Diebe in ein leer stehendes Haus eingebrochen waren.

Trotzdem. Hier waren sie nicht mehr sicher, er musste die anderen wecken und dann würden sie verschwinden. Andererseits: Wenn sie jetzt abhauten, würden sie nicht erfahren, warum die Polizei hier angerückt war. Seine Neugier war erwacht.

Er zog die Mütze tiefer in die Stirn und trat auf die Straße.

Es war natürlich der blanke Wahnsinn. Seit man Otto vor einem halben Jahr verhaftet hatte, weil er angeblich eine russische Großfürstin umgebracht hatte, kannten die Berliner Mordkommission und ein Großteil der Schutzpolizisten sein Gesicht. Aber es ist nicht verboten, die Straße entlangzuspazieren, beruhigte er sich, während er mit klopfendem Herzen auf das Nachbargrundstück zuging.

Am Gartentor drängte sich ein gutes Dutzend neugieriger Nachbarn und Passanten. »Wissen Sie, was hier los ist?«, fragte Otto einen Herrn, unter dessen Pelzmantel eine gestreifte Pyjamahose hervorlugte. Seine nackten Füße steckten in Pantoffeln.

»Keine Ahnung«, gab der Mann zurück, ohne dabei die Augen vom Haus zu lassen. »Ich bin auch eben erst gekommen.«

»Ja, haben Sie es denn noch nicht gehört?«, fragte die dicke Frau neben ihm. »Die beiden Töchter des Botschafters sind weg.«

»Weg?«, fragte Otto.

»Entführt«, sagte die Frau. »Vermutlich jedenfalls. Meine Güte, der arme Herr Botschafter.«

»Wann ist das denn passiert?«, fragte Otto.

»Die Entführer müssen nachts ins Haus gekommen sein.« Die Frau schüttelte sorgenvoll ihren Kopf. »Heute Morgen war das Fenster zum Kinderschlafzimmer aufgebrochen. Und die Betten der Mädchen waren leer. Sogar der Hund ist weg! Keiner im Haus hat etwas bemerkt, ein Albtraum! Die arme Frau Prockauer-Waldenfels wird aus allen Wolken fallen, sie macht gerade eine Kur in Baden-Baden.« Sie verzog das Gesicht und verstummte.

»Gibt es schon eine Lösegeldforderung?«, fragte der Pyjamamann.

»Nicht dass ich wüsste. Aber nichts Genaues weiß man

nicht. Die Polizei hat eine Nachrichtensperre verhängt.« Die Frau schnaubte verächtlich. »Diese Verbrecher sollte man …«

Was man ihrer Meinung nach mit den Entführern anstellen sollte, bekam Otto nicht mehr mit. Er rannte zurück zur Villa.

»Meene Olympia entführt?«, stammelte Paule. »Un Sylvestra auch? Dit kann doch nich wahr sein. Jerade eben ham wir uns anjefreundet, und nu so wat.«

»Gestern haben die beiden noch davon gesprochen«, meinte Lina. »Und heute sind sie weg.«

»Und wir müssen auch weg«, sagte Otto. »Aus der Villa, meine ich.«

Klara nickte traurig. Lina hatte sogar Tränen in den Augen. Otto fühlte sich ein bisschen schuldig, weil er so erleichtert war. Auch wenn er es vor seinen Freunden nicht zugegeben hätte: Dieses Haus machte ihm Angst. Die Geräusche, die er in der Nacht gehört hatte, das Wispern und Knarren der alten Holzbalken, das Skelett unter dem Dach! Im Bandenversteck am Lützowufer war es zwar kalt, aber nicht so unheimlich.

Sie packten in Windeseile das Nötigste zusammen und luden es in einen alten Leiterwagen, den Paule im Keller gefunden hatte. »Kohle, Decken, Klamotten, Konserven«, zählte Otto auf. »Was ist das denn?« Er deutete auf einen prall gefüllten Kopfkissenbezug.

»Nüscht«, sagte Paule. »Na ja, ick meene …« Er zog die Spielzeugeisenbahn hervor.

Otto schüttelte missbilligend den Kopf. »Die bleibt hier. Wir sind doch keine Diebe, ich meine – keine *gewöhnlichen* Diebe«, setzte er hinzu, als die anderen laut lachten. »Wir nehmen uns nur das Nötigste. Nicht mehr und nicht weniger.«

»Aba …«

»Keine Widerrede. Wir müssen jetzt los. Paule, du läufst zum Tor und gibst uns ein Zeichen, wenn die Luft rein ist.«

»Denkste«, sagte Paule und verschränkte die Arme vor der Brust.

»Wie bitte?«, fragte Otto. »Willst du jetzt Streit anfangen? Nur wegen der blöden Eisenbahn?«

»Quatsch, Eisenbahn! Olympia und Sylvestra sind entführt. Und die Polizei tappt im Dunkeln. Wir müssen wat unternehmen. Wenn wir ihnen nich helfen tun, sin se valoren.«

»Und was sollen wir deiner Meinung nach unternehmen?«, fragte Klara. »Die Polente hat doch viel mehr Möglichkeiten als wir.«

»Die Polente is bescheuert. Dit wissen wa doch.«

Otto fuhr sich ratlos durch die schwarzen Haare.

»Bevor wir irgendwas für die Zwillinge tun können, müssen wir untertauchen. Wenn die Polizei hier aufkreuzt und uns festnimmt, gucken die beiden nämlich erst recht in den Mond. Im Knast können wir ihnen nicht helfen.« Er dachte mit Schaudern an die Zelle im Polizeipräsidium, in die man ihn im Sommer gesteckt hatte.

Paule zog eine Schnute. »Also jut, haun wir erst ma ab. Aber ick jeh bestimmt nich zurück ins Vasteck und zieh den Schwanz een.«

»Sondern?«, fragte Klara.

»Ick hör mir ma ’n bisschen inner Unterwelt um. Wat die Vöjel so zwitschern. Jibt bestimmt Jerüchte, wer hinter der Entführung stecken könnte.«

»Gar nicht so dumm«, gab Otto zu. »Also gut. Paule sperrt die Ohren auf. Klara und Lina bringen den Wagen in die alte Schreinerei und ich …«

»Und du?«, fragte Klara.

»Ich fühl Billy Barrakuda auf den Zahn.«

Der Reporter des *Berliner Lokal-Anzeigers* nutzte Ottos Kontakte zur Unterwelt. Otto versorgte ihn mit Informationen und im Gegenzug gab Billy den Schatten manchen nützlichen Tipp. Allerdings versuchte der Reporter immer, so viel wie möglich aus Otto herauszuholen – und selbst so wenig wie möglich zu liefern.

»Der rückt doch nichts raus«, meinte Klara verächtlich. »Ich hab eine bessere Idee.«

»Ach? Und wie sieht die aus?«

Klara sah Lina an. Diese nickte, und dann begannen sich ihre rotblonden Haare langsam in alle Richtungen zu sträuben, wie immer, wenn sie aufgeregt war oder eine ihrer seltsamen Eingebungen hatte.

»Oh nein«, stöhnte Otto. »Ihr wollt doch nicht etwa wieder zu dieser verrückten Alten!« Madame Fatale, die Chefin der »Schwarzen Katze«, dem Varieté am Nollendorfplatz, war ihm einfach nicht geheuer, obwohl sie der Schattenbande inzwischen mehr als einmal aus der Patsche geholfen hatte.

Lina lächelte geheimnisvoll. »Wenn uns jemand in dieser vertrackten Situation helfen kann, dann ist sie es.«

»Und die Sachen hier?« Ottos Blick glitt über die Koffer und Säcke im Leiterwagen.

»Auf dem Weg zu Billy kommst du doch am Bandenversteck vorbei. Da kannst du das Zeug abliefern. Während wir zur ›Schwarzen Katze‹ gehen.«

»Und icke inne Untawelt.«

Otto seufzte. »So habt ihr euch das gedacht.«

»Jenau! Wir finden Olympia und Sylvestra!« Paule hob seine rechte Hand und schaute seine Freunde an. Einer nach dem anderen traten die Schatten zu ihm. Paule ließ seinen Arm nach unten sausen, dann flogen alle Hände in die Mitte und stapelten sich übereinander.

»Wir sind die Schatten …«, flüsterte Paule, und die anderen fielen ein, »… schnell und schlau, keiner sieht sie je genau!«

6. KAPITEL,

das für Klara und Lina wirklich mühsam wird

»J-o-n…«, buchstabierte Klara. Sie betrachtete das Plakat am Eingang der »Schwarzen Katze« und begann noch einmal. »J-ong-l…«

»Jonglierende Raben«, sagte Lina. Einfach so, als wäre es das einfachste Wort der Welt. »Und schau mal hier, Madame Fatale hat einen neuen Künstler eingestellt.«

»Was ist denn an Vanitus' Nummer so besonders?«, fragte Klara.

Lina zuckte mit den Schultern. »Madame Fatale meinte, dass bald ganz Berlin darüber reden wird. Aber was er kann, wollte sie mir nicht verraten.«

Das war allerdings erstaunlich. Madame Fatale hatte einen wahren Narren an Lina gefressen, seit sie mitbekommen hatte, dass Lina mit Geistern von Verstorbenen sprach wie andere Leute mit ihrem Metzger oder Frisör.

»Auf in den Kampf«, sagte Klara und schob die Tür auf.

Vor ihnen lag ein langer, dunkler Gang. Jedes Mal, wenn sie Madame Fatales Varietétheater betraten, bot sich ihnen ein anderer Empfang. Bei ihrem ersten Besuch war Klara durch Oscuros Dunkelwelt marschiert, bevor sie in Madame Fatales Büro angekommen war. Und heute dieser Gang. In Schlangenlinien wand er sich nach links und rechts, ging steil nach oben und wieder nach unten und führte sie immer tiefer in das rätselhafte Gebäude hinein. Links und rechts gingen Türen ab, auf denen goldene Sterne prangten. Einige waren über und über mit diesen glitzernden Zeichen bedeckt, andere trugen nur einen einzigen Stern.

Lina schien genau zu wissen, wohin sie wollte. Ohne zu zögern, stapfte sie voran und Klara folgte ihr. Es ärgerte sie, dass Lina sich hier so mühelos zurechtfand. Immerhin war es Klara gewesen, die die »Schwarze Katze« entdeckt und Madame Fatale kennengelernt hatte. Auch wenn sie sich inzwischen ziemlich sicher war, dass das kein Zufall gewesen war – sondern eher Madame Fatales Plan. »Ist es noch weit?«, fragte sie.

Lina schüttelte den Kopf. »Wir sind gleich da.« Sie blickte sich suchend um und lächelte, als ein riesiger schwarzer Kater vor ihr auftauchte. »Wie geht es dir, mein Schöner?«

Sie bückte sich, um das Tier zu streicheln.

Der Kater maunzte.

»Das freut mich«, sagte Lina. »Wir suchen Madame.«

Noch ein Maunzen.

Klara verdrehte die Augen.

»Was ist denn nun?«, fragte sie ungeduldig.

Lina richtete sich wieder auf. »Sie ist hier«, sagte sie und klopfte an eine Tür zu ihrer Linken, auf der drei goldene Sterne klebten. Nach ein paar Sekunden hörten sie ein lautes »Herein«.

Der Weg zu Madame Fatales Büro war jedes Mal neu und überraschend, aber das Zimmer, das Lina und Klara jetzt betraten, blieb immer unverändert. Auch heute bot sich ihnen der gewohnte Anblick: An der einen Wand standen deckenhohe Regale, in denen ein wildes Durcheinander aus Aktenmappen und Büchern herrschte, an der anderen Wand hingen dicht an dicht Plakate, die in allen Sprachen der Welt für die Aufführungen der »Schwarzen Katze« warben.

Madame Fatale saß hinter ihrem wuchtigen Schreibtisch vor einer großen Kristallkugel, sie trug wie immer ein dunkelblaues Kostüm und hatte ihr graues Haar zu einem festen Dutt zurechtgezurrt. Ihr Gesicht wirkte streng, aber auch das war normal.

»Setzt euch!«, sagte sie und wies auf die beiden Stühle, die vor ihrem Schreibtisch standen, als hätte sie Klara und Lina erwartet. »Also?«

»Es geht um eine Entführung«, begann Klara.

Madame Fatales Augenbrauen wanderten ein winziges Stück in die Höhe. Aber sie schwieg.

»Olympia und Sylvestra. Die Töchter des österreichischen Botschafters sind verschwunden.«

»Aha.« Madame Fatale seufzte bedauernd. »Das ist betrüblich. Die Welt ist schlecht. Aber ich verstehe nicht, was das Ganze mit mir zu tun hat.«

»Wir brauchen Ihre Hilfe, Madame Fatale«, sagte Lina leise. »Wir waren nämlich zufällig in der Nähe, als die Mädchen entführt wurden. Wir müssen sie unbedingt retten. Aber wenn wir zur Polizei gehen, dann denken die bestimmt, dass wir was mit der Sache zu tun haben.«

Madame Fatales Gesicht wurde sofort milder, wie immer, wenn ihr Blick auf Lina fiel. Dennoch schüttelte sie den Kopf. »Wie soll ich euch helfen? Ich kenne diese Kinder nicht. Und ich weiß auch nichts von dem Entführer. Tut mir leid.« Sie schnippte mit dem Finger. Der schwarze Kater sprang von ihrem Schoß zu Boden. Klara hatte gar nicht gesehen, dass er in den Raum gekommen war.

»Nicht so schnell«, sagte Klara. »Können Sie denn nicht einfach mal einen Blick in Ihre Kugel werfen?« Sie zeigte auf die Kristallkugel auf dem Tisch. Madame Fatale schüttelte unwillig den Kopf. »Wofür hältst du mich? Für eine Hellseherin?«

Keine Ahnung, dachte Klara. Madame Fatale hatte übersinnliche Fähigkeiten, das hatte sie bereits mehr als einmal bewiesen. Aber sie betonte immer wieder, dass sie nicht zaubern und auch nicht in die Zukunft blicken konnte. Man hatte fast den Eindruck, dass sie sich für ihre übernatürlichen Fähigkeiten schämte. »Vielleicht könnten wir die Geister beschwören?«, schlug Lina vor.

»Könnten wir. Sobald die Kinder tot sind«, sagte Madame Fatale kühl. »Aber glücklicherweise ist es ja noch nicht so weit.« Sie warf einen Blick auf ihre goldene Uhr, die an einem langen Band um ihren Hals hing. »Mon dieu, schon so spät. Die Zeit, die Zeit. Sie fliegt! Ihr müsst nun gehen.«

Klara sprang so wütend auf, dass ihr Stuhl zurückkippte und zu Boden knallte. »Sobald die Kinder tot sind?«, wiederholte sie mit zitternder Stimme. »Was soll das denn heißen? Sollen wir uns etwa zurücklehnen und in aller Ruhe abwarten, dass sie sterben? Irgendein gewissenloser Verbrecher hat die beiden entführt, aber Ihnen ist das vollkommen egal. Solange man Sie und Ihr blödes Theater nur schön in Frieden lässt, ist alles in bester Ordnung. Sie sind so … ach was! Komm, Lina, wir verschwinden.«

Lina stand ebenfalls auf. Ihr schmales Gesicht war noch blasser als sonst, und ihre Haare, die vorhin noch in alle Richtungen gestanden hatten, hingen traurig herunter.

»Können Sie uns wirklich nicht helfen?«, fragte sie flehentlich, als sie schon fast an der Tür waren. Maunzend strich der Kater um ihre Füße, als wollte er sie trösten. »Was ist mit Yvette Lorraine? Vielleicht kann sie etwas für uns tun?«

Yvette Lorraine. Die hatte Klara ja ganz vergessen! Die schillernde Assistentin von Madame Fatale mit ihren meterhohen Stöckelschuhen hatte sie sonst in der »Schwarzen Katze« immer in Empfang genommen. Aber heute hatten sie Yvette nicht zu Gesicht bekommen.

Madame Fatale betrachtete Lina nachdenklich. »Yvette ist gar nicht hier. Sie macht Urlaub in Grönland.«

»In Grönland«, wiederholte Klara ungläubig. Dann schüttelte sie den Kopf. Was kümmerte sie Yvette Lorraine. Oder Madame Fatale oder der Rest des Varietés. Es war eine dämliche Idee gewesen, überhaupt hierher zu kommen.

»Auf Wiedersehen«, sagte Klara, obwohl sie ganz sicher

war, dass sie Madame Fatale nie wiedersehen wollte. Sie zog Lina am Ärmel, die ihr widerstrebend folgte.

Als sie schon an der Tür waren, räusperte sich die Varietébesitzerin. »Haltet euch von den Mädchen fern, dann wird ihnen kein Unheil geschehen.«

Ihre beiden Köpfe flogen noch einmal herum. »Was?«, fragte Klara. »Wir sollen uns von ihnen fernhalten? Meinen Sie Lina und mich? Aber wir wollen den beiden doch nichts tun!«

Madame Fatale hatte sich bereits wieder in den Anblick der Kristallkugel versenkt, die vor ihr auf dem Tisch stand. Fragen beantwortete sie grundsätzlich nie. Auch diese nicht.

»Das gibt's doch wohl nicht«, schimpfte Klara, als sie wieder draußen auf dem Flur standen. »Madame Fatale will uns nicht helfen. Sie lässt uns im Stich!«

»Vielleicht hat sie ja recht«, flüsterte Lina. »Vielleicht wäre es wirklich am besten für die Mädchen, wenn wir uns gar nicht einmischen.«

»Vielleicht hat ja auch Otto recht. Und Madame Fatale tut nur so geheimnisvoll. Dabei steckt hinter dem ganzen Theater nichts. Überhaupt nichts.« Sie standen direkt vor der Tür, wahrscheinlich hörte die Varietébesitzerin jedes Wort. Aber das war Klara egal.

Ganz im Gegensatz zu Lina. Sie trippelte nervös von einem Fuß auf den anderen. »Lass uns erst mal nach Hause gehen«, schlug sie vor. »Wir reden mit den anderen und überlegen, wie wir weitermachen.«

Doch das war leichter gesagt als getan. Der Weg nach draußen war nämlich viel länger und beschwerlicher als der Hinweg. Diesmal mussten sie eine unendlich lange Wendeltreppe erklimmen. Stufe um Stufe, Absatz um Absatz, Meter um Meter stiegen sie nach oben, und nach jeder Windung hofften sie, dass sie oben angekommen waren, aber vor ihnen lagen nur neue Stufen.

»Das kann doch nicht wahr sein«, keuchte Klara. Ihre Füße brannten, als ob sie barfuß über glühende Kohlen laufen würde. Die pelzgefütterten Stiefel, die sie in der Villa gefunden hatte, waren zwar flauschig warm, aber auch ein bisschen zu groß. Und nach der stundenlangen Wanderung durch die Gänge der »Schwarzen Katze« hatten sich an beiden Fersen dicke Blasen gebildet.

»Wahrscheinlich hättest du doch nicht so laut über Madame Fatale herziehen sollen. Die Treppe ist ihre Rache …«

»Sei still«, stöhnte Klara. Inzwischen hätte sie sich für ihren Wutausbruch vor der Tür selber ohrfeigen können. Aber jetzt war es zu spät. »Ich frag mich, wie sie das anstellt? Die ›Schwarze Katze‹ hat gerade mal drei Stockwerke – aber diese Treppe ist fünfmal so lang wie die im Funkturm.«

Darauf hatte Lina auch keine Antwort.

»Komm weiter«, seufzte sie nur. »Irgendwann müssen wir oben ankommen.«

Nach dreihunderteinundzwanzig weiteren Stufen erreichten

sie endlich die Tür, durch die sie die »Schwarze Katze« betreten hatten. »Ein Glück«, stöhnte Klara, als sie hinaus auf die Straße traten. Inzwischen war es dunkel geworden. Das Licht der Gaslaternen auf dem Nollendorfplatz verwandelte den Schnee in eine schimmernde goldene Decke. »Eines kann ich dir versichern, Lina, dieses Geisterhaus betrete ich nie wieder …«

Im selben Moment packte Lina ihr Handgelenk. »Da drüben«, wisperte sie. »Eltinger.«

Tatsächlich. Der übereifrige Wachtmeister, der die Schattenbande seit ihrem Ausbruch aus dem Waisenhaus wie ein Bluthund verfolgte, trat gerade aus einer Toreinfahrt auf die Straße. Noch hatte er Klara und Lina nicht bemerkt, aber er kam mit großen Schritten auf sie zu. Wenn sie jetzt losrannten, würde er auf sie aufmerksam werden, das stand fest. Eltinger war nicht der Schnellste, aber die beiden Mädchen waren vom langen Treppensteigen erschöpft.

Wie angewurzelt blieben sie stehen und starrten dem Wachtmeister entgegen. Nun hob er den Kopf, strich sich über den dicken Schnurrbart, stierte nach links und rechts, als suchte er etwas. Er sah die Kinder erst, als er nur noch wenige Meter von ihnen entfernt war. »Da sind die Früchtchen ja!«, keuchte er laut, zog eine Trillerpfeife aus der Tasche und blies mit vollen Backen hinein. Der Pfiff gellte wie ein Schrei durch die Straßen. »Achtung, Achtung!«, brüllte der Wachtmeister. »Im Namen des Gesetzes, stehen bleiben, ihr seid verhaftet!«

»Du wolltest doch nie mehr zurück in die ›Katze‹«, flüsterte Lina. »Vielleicht denkst du ja noch mal darüber nach. Aber mach schnell, bitte!«

»Das nehm ich zurück«, stieß Klara hervor.

Sie drückte die Tür zum Theater auf, Sekunden, bevor der

Wachtmeister sie erreicht hatte, sprangen sie über die Schwelle. Lina zog die Tür wieder zu. Und dann schnappten sie beide gleichzeitig nach Luft.

Die Wendeltreppe war weg. Stattdessen standen sie nun in einem großen runden Saal, über den sich eine riesige dunkle Kuppel wölbte. In dem hohen Rund glänzten und funkelten unzählige kleine Lichter, sie leuchteten rot, gelb, blau und grün und tauchten den ganzen Raum in ein magisches Zwielicht. Mehrere kreisförmig aufgebaute Bankreihen umgaben die Bühne wie in einer Zirkusmanege.

»Da sind ja unsere Zuschauer!« Eine Männerstimme ließ sie zusammenfahren. In der Mitte der Manege stand eine Menge Gerümpel, große und kleine Kisten, Schachteln und andere Behältnisse. Hinter dem Stapel tauchte ein kleiner Mann in einem zerknitterten Frack auf und lächelte ihnen freundlich entgegen. »Willkommen.«

»Hallo.« Klara blickte sich um. Die Tür, durch die sie den Saal betreten hatten, war noch da, aber ganz offensichtlich war Eltinger ihnen nicht gefolgt. Vielleicht war er ihnen auch gefolgt und stand jetzt vor der Wendeltreppe oder vor dem geschwungenen Gang oder in einem Spiegelkabinett. Oder er war in Oscuros Dunkelwelt gelandet.

Bei dem Gedanken an sein verwirrtes Gesicht musste Klara grinsen.

»Wollt ihr mir eure Namen verraten?«, fragte der kleine Mann.

»Ich bin Lina«, sagte Lina. »Das ist Klara. Und wer sind Sie?«

»Ich bin Meister Vanitus.« Der Mann lüftete seinen zerbeulten Zylinder und lächelte dabei so beglückt, als habe er den ganzen Tag nur auf sie gewartet.

Klara starrte den Mann im Frack an, der seinen staubigen Hut jetzt wieder auf den Kopf setzte.

»Sie sind der weltberühmte Meister Vanitus?«, fragte sie. »Die große neue Attraktion in der ›Schwarzen Katze‹?«

Ihre Stimme verriet ihre Enttäuschung. Der Mann war nicht viel größer als sie selbst, sein Gesicht wirkte nett, aber vollkommen unscheinbar. Und dann diese armselige Kleidung. Einen weltberühmten Schlangenbeschwörer stellte sie sich anders vor.

»Das bin ich.« Vanitus zuckte entschuldigend mit den Schultern. »Wir sind soeben aus Timbuktu in Berlin angekommen und proben nun für die Vorstellung heute Abend.«

»*Wir?*«, wiederholte Lina.

»Meine Assistentin Ana und ich«, sagte Vanitus und wies auf die große Hutschachtel, die vor ihm auf dem Boden stand.

»Ihre Assistentin«, sagte Klara. »Ist sie etwa da drin?«

»Sieh doch mal nach«, sagte der Mann verschmitzt.

Berliner Lokal–Anzeiger

10. Januar 1927

Ein Interview mit Meister Vanitus (Teil 1)

Ganz Berlin spricht über den sagenhaften Schlangenbeschwörer Meister Vanitus. Unser Reporter Billy Barrakuda hat ihn getroffen! Das Interview finden Sie exklusiv in dieser Ausgabe des *Berliner Lokal-Anzeigers* und in der nächsten Morgenausgabe.

Meister Vanitus, ich freue mich sehr, dass Sie mir die Ehre geben, meine Fragen zu beantworten.
Nein, nein. Mir ist es eine Ehre.

Warum denn so bescheiden? Die ganze Welt liegt Ihnen zu Füßen. In Berlin reden alle nur noch von Meister Vanitus und seiner Schlangenfrau. Dabei hat bislang noch niemand Ihre Nummer gesehen.
Das stimmt. So besonders ist das Ganze auch nicht. Ich weiß gar nicht, was die Leute haben.

Na, hören Sie mal! Ich habe eine Karte für die Premiere heute Abend und bin schon sehr gespannt, ob mich die Vorstellung so beeindruckt wie das Publikum in London, Paris und Sydney.
(Meister Vanitus räuspert sich verlegen.)

Berliner Lokal–Anzeiger

10. Januar 1927

Verraten Sie, was Sie Ihren Zuschauern bieten werden?
Na also, ich werde einen schönen Frack anziehen und Frau Conda …

Frau Conda? Ist das Ihre Partnerin?
Frau Ana Conda. Ganz genau. Sie wird ein grünes Kleid tragen. Ich habe außerdem einen Zylinder auf dem Kopf. Frau Conda allerdings nicht. Sie mag keine Hüte.

Und die Nummer? Was machen Sie?
Ich bin ja Schlangenbeschwörer.

Das ist mir bekannt. Sie beschwören also Frau Conda?
Nein, nein. So kann man das nicht sagen. Wir treten zusammen auf. Es ist nichts Besonderes, wie schon gesagt.

Warum ist dann die ganze Welt außer sich vor Begeisterung? Erklären Sie es doch bitte!
Das kann ich mir selbst nicht erklären. Tut mir leid.

Fortsetzung folgt in der nächsten Morgenausgabe unserer Zeitung. Unbedingt kaufen!

7. KAPITEL,

in dem es eine Menge Qualm und ein paar Gerüchte gibt

Dichter Rauch umhüllte Otto, er drang in seine Nase und seinen Mund und brannte in den Augen.

Das Zigarettenrauchen schien die Grundbedingung zu sein, wenn man für den *Berliner Lokal-Anzeiger* arbeiten wollte. Sämtliche Reporter saßen an ihren Schreibtischen und qualmten. Auch die Sekretärinnen hatten brennende Kippen zwischen ihre Lippen geklemmt, während sie auf ihre Schreibmaschinen einhämmerten oder telefonierten.

Billy Barrakuda rauchte ebenfalls wie ein Schlot. Soeben steckte er die dritte Saba in seine lange Filterspitze aus Elfenbein. Bei einem ihrer letzten Treffen hatte er Otto erzählt, dass die Filterspitze das Geschenk einer afrikanischen Prinzessin war, die er bei einem Kamelritt durch Mauretanien kennengelernt hatte. Otto vermutete allerdings, dass Billy den Filter eher in der Rauchwarenabteilung des Warenhauses Tietz erstanden hatte, wo er auch immer seine Zigaretten kaufte. Aber die Geschichte mit der Prinzessin klang natürlich besser, und einer guten Geschichte konnte der Reporter nicht widerstehen.

Barrakuda übertrieb gerne. Jetzt erzählte er Otto ausführlich von seinem neuesten Steckenpferd – der Fliegerei. Vor ein paar Monaten hatte der Reporter eine Ausbildung zum Piloten begonnen, deshalb verbrachte er jede freie Minute auf dem Flughafen Tempelhof und nahm Flugstunden oder büffelte für seine Flugprüfung. »Sobald ich den Flugschein habe, nehme ich dich mal in meiner Kiste mit«, versprach er Otto.

»In *deiner* Kiste?«, fragte Otto. »Hast du ein eigenes Flugzeug?«

»Mehr oder weniger.« Billy verschwand hinter einer Rauchwolke. »Aber lassen wir das.« Er drückte seine Zigarette umständlich im Aschenbecher aus und schüttelte sofort danach eine neue aus der Packung. »Du bist doch bestimmt nicht gekommen, um mit mir übers Fliegen zu plaudern.«

»Nein, natürlich nicht. Ich wollt nur mal hören, was man in der Reporterwelt so über die Prockauer-Waldenfels-Zwillinge munkelt. Gibt es schon eine Lösegeldforderung?«

Barrakuda blies einen Rauchring zur Decke und folgte ihm mit den Augen, bis er zerplatzte. »Woher weißt du von der Sache? Das kommt doch erst in der Abendzeitung.«

»Ich bin immer bestens informiert. Weißt du doch. Also: Gibt es schon eine Spur?«

»Warum sollte ich dir das auf die Nase binden?«

»Weil ich die beiden Mädchen zufälligerweise sehr gut kenne.« *Sehr gut* war natürlich übertrieben, aber was Barrakuda konnte, konnte Otto schon lange.

Die Augen des Reporters verengten sich. »Du? Die Töchter des österreichischen Botschafters? Verkohlen kann ich mich selbst.«

»Ich sag die Wahrheit. Kennst mich doch.«

Billys Lippen formten einen neuen Rauchring. Er kannte Otto in der Tat. Und er wusste nur zu gut, dass er nicht bluffte. Schließlich hatte er oft genug von Ottos Informationen profitiert.

»Was weißt du?«, fragte er, aber bevor Otto antworten konnte, trat eins der Tippfräulein neben Billys Stuhl. »Neueste Meldungen«, flötete sie und legte eine lange Papierfahne auf den Schreibtisch. Dann beugte sie sich nach vorn und stibitzte eine von Billys Zigaretten. »Mmh, Saba. Meine Lieblingsmarke!«

»Meine auch«, knurrte der Reporter.

»Feuer, bitte«, gurrte die Sekretärin. Billys Feuerzeug klickte. »Schönen Dank.« Die junge Dame blies Rauch aus Mund und Nase gleichzeitig. »Was macht der Flugschein, Billy? Ich kann's kaum erwarten, dass ich mal mit dir aufsteigen darf!«

»In drei Wochen ist es so weit. Wenn ich nicht durch die Prüfung rassele.«

»Streng dich an. Ach, übrigens – du hast heute Abend noch einen Außentermin. In diesem Varieté an der Nolle.«

»Die Schau mit dem Schlangenbeschwörer.« Billy nickte. »Den Kerl hab ich gestern interviewt. Komischer Kauz. Bin mal gespannt, ob seine Nummer was taugt.«

»Nimmst du mich mit?«, säuselte die Sekretärin.

»Geht nicht. Gibt leider keine Karten mehr.«

»Och, schade.« Die Sekretärin hauchte ihm einen rauchigen Luftkuss zu, dann stöckelte sie wieder davon.

Otto wedelte mit der Hand vor dem Gesicht hin und her. »Wie hältst du diesen Qualm aus? Das ist ja ekelhaft.«

»Lenk nicht ab. Was hast du gesehen?«

»Nichts. Ich bin mit den Mädchen befreundet und war zufälligerweise ganz in der Nähe, als sie entführt wurden. Mehr erzähl ich dir, wenn du mir sagst, was du weißt. Und ich meine nicht den Kram, der nachher im Abendblatt steht. Sondern das, was du *nicht* geschrieben hast.«

Der Reporter dachte einen Moment lang nach, dann beugte er sich über seinen Schreibtisch und winkte Otto heran.

»Der Vater ist ein schlimmer Finger.«

»Der österreichische Botschafter?«

»Er hat eine Liebesaffäre nach der anderen. Man erzählt sich, dass er seit Neuestem mit der Ginelli zusammen ist. Du weißt schon, mit der berühmten …«

»Filmschauspielerin. Klar kenn ich die Ginelli. Aber … der Botschafter ist doch verheiratet!«

Billy grinste breit. »Na und?«

»Gut. Der Botschafter hat also eine Affäre. Was hat das mit der Entführung seiner Töchter zu tun?«

»Keine Ahnung. Ich dachte, du interessierst dich für die Hintergründe.«

Otto war verwirrt. »Meinst du, dass die Ginelli die Mädchen entführt hat?«

»Unsinn. Was sollte die denn mit den Kindern?«

»Was willst du dann andeuten?«

»Ich deute gar nichts an«, sagte Billy Barrakuda. »Denn wenn ich das täte, würde mich der Botschafter sofort wegen Rufmord verklagen.«

»Aber mir kannst du's doch sagen«, stöhnte Otto ungeduldig. »Ich verrat dich auch nicht.«

»Ich hab nichts in der Hand«, raunte der Reporter geheimnisvoll. »Ich weiß nur, dass die Ginelli anscheinend eine furchtbar anspruchsvolle Geliebte ist. Und dass der Botschafter dringend Geld braucht.«

Er drückte seine Zigarette aus und zog eine neue aus der Packung. Als er Ottos angewidertes Gesicht sah, steckte er sie wieder zurück. Stattdessen griff er zu dem Blatt mit den neuesten Meldungen, das ihm die Sekretärin gebracht hatte, und überflog geistesabwesend die Zeilen. Wie gebannt starrte er auf die Nachrichten. Seine Augen waren weit aufgerissen, die Stirn glänzte vor Schweiß.

Die Zwillinge sind wieder aufgetaucht, dachte Otto. Oder sie sind tot. »W-w-as gibt es denn?«, fragte er.

Billy hob den Blick. »Otto Karwuttke«, sagte er leise. »Tut

mir leid, dass ich dir das sagen muss. Aber du steckst mal wieder bis zum Hals im Schlamassel.«

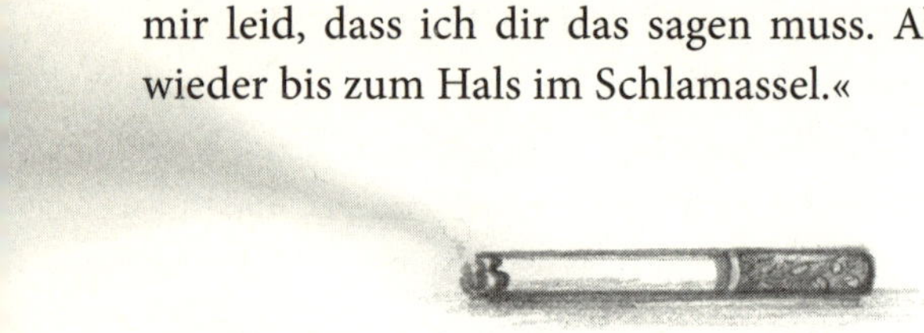

Paule rüttelte kraftlos an der Tür zur »Roten Laterne«. Geschlossen. Natürlich, es war gerade einmal fünf Uhr und die Bar öffnete bestimmt nicht vor acht. Den Weg zum Güterbahnhof hätte er sich sparen können.

Missmutig trat er gegen die Tür. Aber auch dadurch erreichte er nur, dass sein Fuß noch mehr schmerzte als zuvor. Nachdem sie gegen Mittag die Villa verlassen hatten, war er durch die halbe Stadt gerannt. Er hatte Rotze Rosenblut besucht, der in den Hackeschen Höfen mit gestohlenem Schmuck, Armbanduhren, Waffen und Informationen aller Art handelte. Paule hatte mit Ede dem Floh und dem faulen Olli gesprochen, hatte Moneten-Mitzi ausgequetscht und Messerkalle gelöchert, der ihm noch einen Gefallen schuldig war, seit Paule ihm geholfen hatte, ein Schließfach am Anhalter Bahnhof zu knacken.

Sämtliche Hehler, Betrüger und Schieber, die er kannte, hatte er aufgesucht und beschworen, ihm alles zu verraten, was sie über die Entführung der Zwillinge wussten. Aber er hatte nichts herausbekommen. Überhaupt nichts. Normalerweise rankten sich um jedes Verbrechen zahllose Gerüchte, dann kam es darauf an, aus der Vielfalt der Hinweise den richtigen herauszufinden. Aber in diesem Fall zuckten alle nur mit den Schultern. »Die Töchter des österreichischen Botschafters wurden entführt? Ist mir neu. Keine Ahnung, wer dahintersteckt.«

Hotte Haubensack, der einbeinige Kriegsveteran, der vor der Kaiser-Wilhelm-Gedächtniskirche bettelte, hatte Paule schließlich geraten, sein Glück in der »Roten Laterne« zu versuchen.

»Frag die fette Emmi«, hatte er gesagt. »Was die nicht weiß, ist nicht passiert.«

Weil der Schnee so hoch lag, fuhren keine Straßenbahnen. Also war Paule zu Fuß bis zum Güterbahnhof marschiert, eine gute Stunde hatte ihn das gekostet. Ein paar Mal war er kurz davor gewesen umzukehren. Aber der Gedanke an Olympia hatte ihm immer wieder neue Kraft verliehen. Den anderen gegenüber hatte er es nicht zugeben wollen, aber sich selbst musste er es eingestehen: Er war zum ersten Mal in seinem Leben total verliebt. Olympia war einfach unglaublich. So zart, hilflos und unschuldig. Und nun waren sie und ihre Schwester in der Gewalt von gewissenlosen Verbrechern. Nein, Paule durfte nicht aufgeben, er musste sie retten.

Und jetzt das. Die »Rote Laterne« war geschlossen! Wütend holte er aus, um ein zweites Mal gegen die Tür zu treten, aber bevor seine Stiefelspitze ihr Ziel erreichte, wurde von innen geöffnet. Vor lauter Überraschung wäre er fast ausgerutscht.

»Was soll das? Willst du die Tür eintreten?« Vor ihm stand Emmi, die Wirtin. Oder vielmehr – ein Teil von ihr. Paule sah ein pfannkuchengroßes Gesicht, unter dem vier Kinne hingen. Darunter riesige Brüste, ein walfischartiger Bauch und ein Teil von jedem Bein. Der Rest verbarg sich links und rechts hinter der Türzarge. Emmi war so unglaublich fett, dass sie ihr Animierlokal schon lange nicht mehr verlassen konnte, sie passte einfach nicht mehr durch die Tür. Das schien sie nicht zu bekümmern, jedenfalls fing sie deshalb keine Diät an. »Wenn ich nicht mehr raus kann, müssen die Leute eben zu mir reinkommen«, sagte sie immer. Und die Leute kamen auch.

Nacht für Nacht gab sich die Berliner Unterwelt in der »Roten Laterne« die Klinke in die Hand. Und Emmi thronte in einem eigens für sie angefertigten Sessel neben der Bar, trank Kindl Pilsener aus der Flasche, saugte jeden Gesprächsfetzen in sich ein, den ihre Gäste von sich gaben, und behielt ihn für sich. Oder spuckte ihn wieder aus, wenn man ihr ein halbwegs verlockendes Angebot machte.

»Ick brauch 'ne Auskunft.« Paule war eiskalt, er hatte keine Lust, lange um den heißen Brei herumzureden.

»Dann geh in die öffentliche Bücherei.« Emmi wollte die Tür wieder zuknallen. Aber im letzten Moment wurden ihre Augen ganz schmal. »Bist du nicht der Kleine, der neulich Kanonengustavs Moped repariert hat?«

»Bin ick.«

»Kannst du auch ein kaputtes Sofa zusammenschrauben?«

»Aba klar doch.«

»Komm rein!« Die Tür öffnete sich wieder und Emmi trat einen Schritt zurück. Sie wälzte sich schnaufend durch die Bar und trat durch eine sehr breite Tür in den Gang, der zu ihren Privaträumen führte. Ihre Hüften streiften links und rechts die Wände. Wenn sie noch ein paar Kilo zulegt, passt sie hier auch nicht mehr durch, dachte Paule.

Das Sofa, das sie ihm präsentierte, war nagelneu. Leider hatte Emmi es in Kleinholz verwandelt, als sie das erste Mal Platz genommen hatte. »Kannst du das reparieren?«, fragte sie drohend.

»Kann ick«, behauptete Paule, auch wenn er sich alles andere als sicher war. »Aba wie jesacht, ick will dafür 'ne Auskunft.«

»Erst wird repariert und dann geredet.«

Über eine Stunde lang hämmerte, nagelte und schraubte Paule, bis er das Sofa nicht nur wieder aufgebaut, sondern mithilfe einiger Stahlrohre und Ziegelsteine so stabilisiert hatte, dass es Emmis Gewicht standhalten würde.

Allerdings ächzte das Möbel beängstigend, als die dicke Wirtin sich daraufsinken ließ. Paule schloss die Augen, als sie ein paar Mal zufrieden auf und ab wippte. »Was willste nun wissen?« Sie legte ihre schweren Unterarme auf ihrem dicken Bauch ab, als wäre es ein Tisch.

»In Charlottenburch sin' zwee Mädchen entführt worden. Janz reizende Mädchen, vor allem die eene, die Olympia.« Paule schloss einen Moment lang verträumt die Augen. Dann riss er sich zusammen. »Dit sin' die Töchter vom österreichischen Botschafter. Brockenburg-Walzhammer oder so ähnlich schimpft sich der Kerl.« Zu dumm, dass er sich den Namen nicht merken konnte.

»Und?«

»Ick muss wissen, wer dit jemacht hat.«

»Brockenburg-Walzhammer sagst du?«

»Oder so ähnlich.«

»Samstagnacht war einer hier, der hieß so. Nur anders. Prockauer-Waldenfels war sein Name.«

»Protzauer-Walzenberg, janz jenau, dit is die Type!«, rief Paule aufgeregt. »Un? Wat kannste mir über den sagen?«

»Nichts«, erklärte Emmi. »Der ist mir nur aufgefallen, weil er so polierte Fingernägel hatte und so fein gesprochen hat.

Und seinen Hut hat er die ganze Zeit nicht abgenommen, sondern so tief ins Gesicht geschoben, dass man ihn nicht erkennen konnte.«

»Du hast ihn aba trotzdem erkannt.«

»Nö. Ich hatte den noch nie gesehen. Aber ich hab ja meine Informanten. Die haben mir den Namen zugeflüstert.«

»Wat wollte dieser Protzenberg-Waldauer hier?«

»Weiß ich nicht. Ich belausch doch meine Gäste nicht«, sagte Emmi empört, die Nacht für Nacht nichts anderes tat.

»Irgendwat wirst du mir doch wohl sagen können«, meinte Paule mit einem vorwurfsvollen Blick auf das zusammengeflickte Sofa.

»Dieser feine Pinkel war höchstens eine halbe Stunde hier. Und da hat er sich mit dem Fisch unterhalten.«

»Mit dem Fisch?« Paule pfiff leise durch die Zähne. Freddy der Fisch kontrollierte seit Jahren den Kiez auf dem Prenzlauer Berg. Er war bekannt für seine Grausamkeit und Gnadenlosigkeit, deshalb gingen ihm Paule und der Rest der Schattenbande tunlichst aus dem Weg. »Um wat jing et denn da?«

»Das weiß ich nicht, und wenn ich es wüsste, würde ich es dir bestimmt nicht auf die Nase binden.« Emmi schnaufte aufgebracht. »Halt dich da raus, Junge. Der Fisch ist eine Nummer zu groß für dich.«

Emmi hatte recht. Wenn Freddy der Fisch wirklich etwas mit der Entführung der Zwillinge zu tun hatte – »dann jute Nacht, du schöne Welt«, flüsterte Paule.

8. KAPITEL,

in dem endlich die Schlangenfrau auftritt

Aus der Hutschachtel ertönte ein lautes Rascheln. Klara trat unwillkürlich einen Schritt zurück. Meine Assistentin, hatte Vanitus gesagt. Aber ein Mensch passte nicht in eine solche Schachtel. Jetzt fiel Klara die Ankündigung auf dem Plakat wieder ein. *Meister Vanitus und seine unglaubliche Schlangenfrau!*

Natürlich, dachte sie. In der Schachtel steckte eine Schlange. Augenblicklich brach Klara der kalte Schweiß aus. Sie war alles andere als ängstlich, aber vor Schlangen gruselte sie sich, seit sie ein kleines Mädchen war.

»Willst du die Schachtel nicht öffnen?«, wendete sich Vanitus an Klara.

»Ich könnte das sonst auch übernehmen«, sagte Lina.

Ja bitte, dachte Klara. Nur zu, wenn du so versessen darauf bist. Aber das konnte sie natürlich nicht laut sagen, die Anführerin der Schattenbande kannte schließlich keine Furcht.

»Nein, lass mal. Ich mach schon.«

In der Hutschachtel rumpelte es wieder, heftiger und lauter als beim ersten Mal. Klara stieß einen leisen Schrei aus und schlug sich erschrocken die Hand vor den Mund. Doch dann holte sie tief Luft, bückte sich, hob den Deckel und trat zurück, ohne einen Blick in die Schachtel zu werfen.

»Das ist ja …« Sie ließ den Deckel fallen, als habe sie sich verbrannt. Denn nun schoben sich ein schlanker Arm und ein langes Bein aus der Box. Dann folgte ein Kopf. Ein schmales grünes Gesicht, mit Schuppen und schräg stehenden, pechschwarzen Augen, die Klara ärgerlich anfunkelten.

»Ssss?«, zischte das seltsame Wesen. »Massssiammssslüü?«

»Die beiden jungen Damen wollten dich kennenlernen, Ana«, sagte Vanitus.

»Mssssch!«, machte das sonderbare Wesen. »Rassssischatz mschammmmschsss!« Die dunklen Augen wanderten von Klara zu Lina. »Ssssallamschzzzz?«

»Ana ist ein bisschen misstrauisch«, sagte Vanitus entschuldigend. »Leider spricht sie auch kein Deutsch. Aber sie versteht es inzwischen sehr gut. Vielleicht könnt ihr euch mal vorstellen?«

»Ich bin Lina Kowalski.« Lina knickste.

Das grüne Wesen starrte sie ausdruckslos an.

»Klara.« Klara war so verwirrt, dass sie ebenfalls knickste. Das hätte sie normalerweise nur gemacht, wenn man ihr ein Messer an die Kehle gehalten hätte.

»Und hier seht ihr Ana Conda, die Schlangenfrau«, erklärte Vanitus. »Nun komm doch mal raus, Ana.«

Das Wesen begann sich mit erstaunlicher Geschwindigkeit zu entfalten und sprang aus der Hutschachtel. Abgesehen von dem grünen, schuppenbedeckten Gesicht sah es jetzt aus wie eine gewöhnliche Frau. Sie war groß und dünn und trug einen eng anliegenden Anzug, der gelbbraun schimmerte und glitzerte. Ihr Haar war straff aus dem Gesicht gekämmt und am Hinterkopf zu einem kleinen Knoten geschlungen. »Ihr müsst keine Angst vor ihr haben«, behauptete Vanitus. »Sie ist ganz zahm.« Aber Klara glaubte ihm kein Wort.

Ana Condas schmale Augen wurden noch schmaler. »Mrrrssssschllmmmsch.«

»Ist gut, Ana. Wir machen weiter. Das Publikum ist ja jetzt eingetroffen.« Vanitus wies einladend auf die Bänke am Rand der Manege. »Bitte Platz zu nehmen.«

Lina marschierte los und ließ sich in der ersten Bankreihe nieder. Achselzuckend folgte Klara ihr.

»Wir beginnen mit der Trapeznummer«, sagte Vanitus. »Die hat in Timbuktu überhaupt nicht funktioniert.«

Die Schlangenfrau starrte ihn böse an. Klara fragte sich, ob ihre Augen überhaupt Lider hatten. Sie hatte Ana jedenfalls noch nicht blinzeln sehen.

Dann war die Frau plötzlich weg.

Klara riss die Augen auf. »Wo ist sie denn jetzt hin?«, zischte sie Lina zu.

Lina starrte mit offenem Mund zur Kuppel der Manege hinauf. »Sie ist da oben«, wisperte sie.

Klara folgte ihrem Blick, konnte Ana Conda aber immer noch nicht entdecken. Sie sah nur ein langes gelbbraunes Seil,

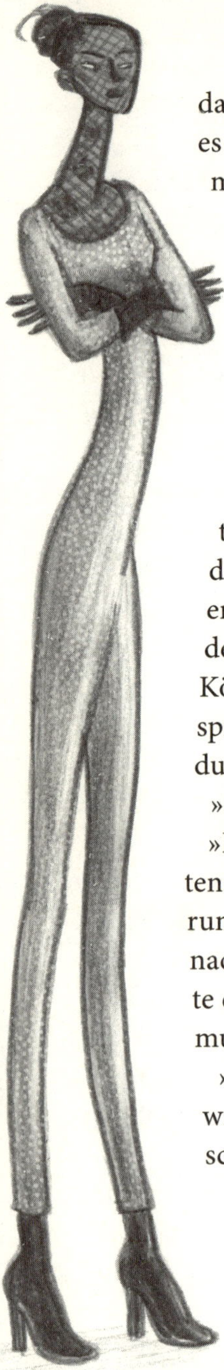

das auf einmal nach unten baumelte. Nun begann es hin- und herzuschwingen und wurde dabei immer länger.

Ein festes, seltsam wulstiges Seil, dachte Klara und dann entfuhr ihr wieder ein Schrei. »Das kann doch nicht wahr sein!«

»Sie hat sich in ein Trapez verwandelt«, flüsterte Lina.

Die Schlangenfrau, die kopfüber von der Decke hing, war inzwischen so lang wie drei aufeinandergestellte Laternenmasten. Sie streckte zwei dünne Arme aus, reckte sie, dehnte auch die Hände und Finger und nahm einen Besenstiel entgegen, den Vanitus ihr reichte. Ana Conda hielt den Stiel an beiden Enden fest, und als ihr langer Körper das nächste Mal an Vanitus vorbeisauste, sprang er auf. Wie auf einer Schaukel schwang er durch die Manege.

»Das ist unglaublich!«

»Bravo, bravissimo!« Klara und Lina applaudierten wie verrückt. Aber Vanitus teilte ihre Begeisterung nicht. Missbilligend schüttelte er den Kopf, nachdem er zu Boden gesprungen war. »Nein«, sagte er. »Der Übergang dauert zu lange. Und, Ana, du musst die Stange schneller annehmen.«

»Sssschsss!«, zischte die Schlangenfrau, die nun wieder neben ihm stand. »Mssssmalllschmöschummm Sssssessstprzsss.«

»Wir machen das Ganze noch einmal«, erklärte Vanitus, als ob sie nichts gesagt hätte.

Dreimal musste Ana Conda die Nummer wiederholen, bis Vanitus endlich zufrieden war. Danach verwandelte sich Ana in einen Reifen und rollte durch die Manege. Am Schluss ließ Vanitus sie durch ein Ofenrohr und dann sogar durch ein Schlüsselloch kriechen.

»Wahnsinn!«, rief Klara. »Das ist wirklich eine Sensation!«

Vanitus hob seinen Zylinder und deutete eine Verbeugung an. »Danke für die Blumen. Aber das war doch nichts Besonderes.«

»Nichts Besonderes? Das war erste Klasse! Kein Wunder, dass Sie auf der ganzen Welt berühmt sind.«

Vanitus winkte ab. »Nun übertreibst du aber.« Er wischte sich über die staubigen Frackärmel. »Ich danke euch herzlich für eure Geduld. Jetzt müsst ihr uns leider entschuldigen. In einer halben Stunde beginnt die Schau, bis dahin müssen wir uns noch fein machen.«

Er ging in die Knie und hob die Hutschachtel hoch, in die Ana Conda sich nach der letzten Nummer zurückgezogen hatte. Ächzend richtete er sich wieder auf. »Sollen wir Ihnen helfen?«, fragte Klara. »Das Ding ist doch gewaltig schwer.«

Die Schachtel rumpelte so heftig, dass Vanitus sie fast fallen gelassen hätte. Offensichtlich gefiel es Ana nicht, als *Ding* bezeichnet zu werden. Klara fragte sich, warum sie sich überhaupt von Vanitus aus der Manege tragen ließ und nicht selbst ging.

»Das geht schon. Keine Bange!« Aber Vanitus' Gesicht war von der Anstrengung hochrot und auf seiner Stirn standen große Schweißtropfen.

»Warten Sie!« Klara sprang auf und lief zu ihm. »Das ist doch wirklich kein Problem, wenn wir mitanpacken!«

»Stehen bleiben!« Vanitus' Stimme klang nicht mehr sanft. Sie donnerte laut und mächtig, dass Klara auf der Stelle gehorchte. Erschrocken starrte sie den Schlangenbeschwörer an.

»Nichts für ungut.« Als Vanitus bemerkte, wie irritiert sie war, wurde sein Ton sofort wieder milder. »Entschuldige bitte, ich wollte dich nicht anschreien. Und vielen Dank für dein Angebot. Es ist nur … Ana ist sehr scheu und ängstlich. Sie lässt sich nicht von jedem berühren. Wenn man sie falsch behandelt, zieht sie sich zurück und ist wochenlang zu nichts zu gebrauchen.« Er zog die Augenbrauen hoch und schüttelte lächelnd den Kopf. »Frauen.«

Scheu und ängstlich war Klara die Schlangenfrau nun wirklich nicht vorgekommen. Aber andererseits – was verstand sie schon von Schlangenmenschen?

»Schon gut«, sagte sie. »Mein Fehler. Ich wollte nur helfen.«

Vanitus zwinkerte ihr zu. »Das weiß ich doch, mein Kind.« Er schleppte die Hutschachtel zu der schmalen Tür auf der anderen Seite des Saals. »Auf Wiedersehen, ihr beiden!«, rief er den Mädchen zu, bevor er die Klinke mit dem Ellenbogen nach unten drückte und verschwand.

»Hoffentlich«, flüsterte Lina mit glänzenden Augen, aber natürlich hörte er das nicht mehr.

»Da habt ihr also den janzen Tag mit nüscht und wieda nüscht vaplempat«, erklärte Paule aufgebracht.

Die Schattenbande saß im Halbkreis vor dem bollernden Kanonenofen und löffelte dicke Bohnen aus Konservendosen, während sie von ihren Erlebnissen des Tages erzählten.

»Olympia und Sylvestra hocken in 'nem finstren Kellerloch und heulen sich die Aujen ausm Kopp und ihr amüsiat euch im Theata!«, schimpfte Paule weiter.

»Wenn wir nicht in der ›Katze‹ geblieben wären, hätte uns Eltinger einkassiert«, verteidigte sich Klara. »Wir konnten nicht früher kommen.«

»Och, ihr Armen. Da wart ihr praktisch jezwungen, die Schlangennummer anzukieken.« Paule schnaubte vor Verachtung.

»Nu mach mal halblang«, zischte Klara. »Du tust ja gerade so, als ob es unsere Schuld wäre, dass die Zwillinge entführt worden sind.«

»Nee, dit is Otto Karwuttkes Schuld. Jedenfalls glaubt det die Polente«, sagte Paule.

»Wie bitte?«, fragte Klara.

»Billy Barrakuda hat mir erzählt, dass die Polizei meine Fingerabdrücke auf Konfuzius' Halsband gefunden hat«, stöhnte Otto. »Ich bin mal wieder der Hauptverdächtige. Die Suchmeldung erscheint in allen Abendzeitungen.«

»Dit biste doch schon jewöhnt, det dir janz Berlin suchen tut. Ick sach nur, selba schuld. Wieso musstest du den Köter auch unbedingt antatschen!« Paule schüttelte verständnislos den Kopf. »Hättste dir doch denken können, det Trettoff deene Fingerabdrücke uffbewahrt hat.«

»Ich konnte doch nicht ahnen, dass die Mädchen entführt werden.« Otto seufzte und schob seine halb leere Konservendose von sich. Er hatte keinen Appetit mehr. Auch Klara stellte ihre Büchse weg. Lauwarme Bohnen schmeckten einfach abscheulich. Es wurde wirklich Zeit, dass die Schatten endlich mal wieder etwas Ordentliches zwischen die Zähne bekamen. Es war inzwischen zwar einigermaßen warm in der ehemaligen Schreinerei, aber Otto hatte im Laufe des Tages auch schon wieder einen Großteil der Kohlen aus der Villa verfeuert.

»Ick frag mir auch, woher Eltinger wusste, det ihr inner ›Katze‹ seid. Er hat euch janz offensichtlich dort jesucht. Vielleicht hat ihm ja jemand ’nen Tipp jejeben …«, mutmaßte Paule, aber nun wurde Lina richtig sauer.

»Meinst du etwa, Madame Fatale hat uns verraten? So etwas würde sie niemals tun!«

»Jedenfalls ist klar, dass sie uns nicht hilft«, sagte Otto. »Aber egal. Wir brauchen sie auch gar nicht.«

»Dit meene ick auch.« Im Unterschied zu Otto hatte Paule seine Bohnen mit Genuss ausgelöffelt und schielte sehnsüchtig nach Ottos Büchse. Wortlos schob der ihm die Dose zu. »Ick würde vorschlajen«, fuhr Paule mit vollem Mund fort, »det wa uns diesen Brockelmann-Waltersdorf einfach mal zur Brust nehmen.«

»Prockauer-Waldenfels«, korrigierte Lina. »Kannst du dir den Namen nicht einfach mal merken? Und was meinst du damit: zur Brust nehmen?«

»Na, wir jehn da hin und stellen ihn zur Rede. Deutet ja allet darauf hin, det der wat mit der Entführung zu tun hat.«

»Wirklich?«, fragte Klara spöttisch. »Kann mir mal einer von euch erklären, warum der Botschafter sich selbst erpressen sollte?«

»Die Zusammenhänge sind mir auch noch nicht so janz

klar«, gab Paule zu. »Aber det der Kerl Dreck am Stecken hat, is ja wohl sicher.«

»Sicher ist gar nichts«, meinte Otto. »Klara hat recht. Selbst wenn der Botschafter Geld braucht, würde er doch wohl kaum seine eigenen Kinder entführen.«

»Also jut.« Paule hatte inzwischen auch die zweite Dose geleert und stand auf. »Ick besorje uns Beweise.«

»Und wie?«, fragte Otto.

»Na, ick werd mal 'n Wörtchen mit dem Fisch plaudern.«

»Mit dem Fisch? Warum sollte der dir auch nur ein Sterbenswörtchen verraten? Weil du Emmis Sofa repariert hast? Oder weil er deine braunen Augen so schön findet? Nee, mein Lieber. Freddy der Fisch ist eine ganz miese Nummer. Der fackelt auch nicht lange, wenn du ihm auf die Nerven gehst. Dann stößt er dir einfach ein Messer in den Bauch und versenkt dich im Landwehrkanal.«

»Aba …« Paule trat von einem Fuß auf den anderen.

»Setz dich wieder hin«, befahl Otto.

»Ick glaube aber …«

»Setz dich!« Otto blickte Paule so finster an, dass der sich endlich auf sein Hinterteil plumpsen ließ. »Wenn wir Licht ins Dunkel bringen wollen, dann müssen wir es klüger anstellen. Wir müssen den Botschafter beschatten und belauschen. Und sein Haus durchsuchen.«

»Dass ich da nicht von selbst draufgekommen bin!« Klara schlug sich mit der flachen Hand vor die Stirn, dass es laut klatschte. »Warum fahren wir denn nicht gleich heute Nacht raus nach Charlottenburg und klingeln an. Guten Tag, Herr Botschafter, entschuldigen Sie die Störung, aber wir sind die Schattenbande und wollten uns mal bei Ihnen umsehen.«

»So doch nich!« Paule sprang schon wieder auf. »Aber dit bringt mir uff 'ne Idee! Die Hütte von dem Protzinger-Harzenberg is riesig, die ham bestimmt jede Menge Personal. Da stell ick mir einfach mal vor.«

»Du?« Klara zog die Augenbrauen hoch. »Als was willst du denn dort anfangen? Als Zimmermädchen?«

»Als Järtner oder Stallbursche«, gab Paul zurück. »Ick kann nämlich prima mit Gäulen umjehen. Glaub ick jedenfalls, ick hab ja noch nie eenen jehabt.«

»Und was soll das bringen?«, fragte Klara. »Wenn du im Stall oder im Garten arbeitest, kannst du den Botschafter nicht belauschen. Nee, lass mal. Ich mach das. Dienstmädchen werden doch immer gesucht. Und ich bin so billig, da kann die gnädige Frau bestimmt nicht widerstehen.«

»Glaub ick aber wohl, det die dir widerstehn kann. Kiek dir doch bloß mal an, wie du aussiehst.«

»Quatsch!« Klara zog ihre Schiebermütze vom Kopf, ließ ihre langen blonden Zöpfe auf die Schultern fallen und lächelte selbstgefällig. »Wenn ich mir die Haare kämme und ein sauberes Kleid anziehe, dann findet sie mich bestimmt umwerfend.«

»Und wennse dir beim Putzen zukiekt, fällt se erst recht um. Und schmeißt dir wieder raus.«

»Jetzt hört auf zu streiten«, unterbrach Otto die beiden. »Ich finde die Idee gar nicht so übel. Klara wird Dienstmädchen beim Botschafter. Und bis die Frau Botschafterin gemerkt hat, wie ungeschickt ihr neues Mädchen ist, hat Klara Prockauers Zimmer durchsucht und alles entdeckt, was wir brauchen.«

»Ich hab noch eine andere Idee«, sagte jetzt Lina so leise, dass die anderen sie fast überhört hätten.

Als Otto sie ansah, wünschte er sich, dass er sie wirklich überhört hätte. Ihre Haare sträubten sich wieder in alle Richtungen. Lina hatte eine ihrer Eingebungen – und die waren ihm ganz und gar nicht geheuer.

»Was schlägst du vor?«, fragte er widerwillig.

»Dieser Vanitus, den wir in der ›Katze‹ kennengelernt haben«, begann sie zögernd. »Der war doch eigentlich sehr nett, oder Klara?«

Klara zuckte mit den Schultern. »Schon. Warum?«

»Vielleicht könnten wir ihn mal fragen, ob er uns hilft. Die Schlangenfrau kommt doch in jeden Winkel und kann überall reingucken.«

»Nein.« Klara schüttelte entschieden den Kopf. »Auf keinen Fall. Diese Schlangenfrau ist unheimlich. Und böse. Sie hilft uns bestimmt nicht.« Sie verzog schaudernd das Gesicht.

»Vanitus ist ihr Chef«, sagte Lina. »Vielleicht kann er sie ja überreden.«

Klara kaute eine Weile nachdenklich an ihrem Zeigefingernagel. »Also, ich finde meine Idee mit dem Dienstmädchen besser.«

»Deine Idee?« Paule keuchte vor Empörung. »Ick glaub, ick hör nich richtig.«

»Jetzt fang doch nicht schon wieder an zu zanken«, rief Otto. »Diesen Schlangenbeschwörer lassen wir erst mal aus dem Spiel. Klara stellt sich morgen als Dienstmädchen bei Prockauer-Waldenfels vor. Punktum. Aber, Klara, wasch dir vorher die Ohren, sonst nehmen die dich nie.«

Paule zog eine Grimasse. »Und wat mach icke?«

»Erst mal gar nichts. Genau wie Otto«, sagte Klara. »Schließlich wird er in ganz Berlin gesucht. Sein Gesicht klebt an jeder Litfaßsäule.«

»Nicht schon wieder«, stöhnte Otto. Die Polizei hatte einfach die alten Fahndungsplakate mit einem neuen Text versehen, und nun ging alles wieder von vorn los.

»Ich bleib trotzdem nicht hier. Jedenfalls nicht heute Nacht. Draußen ist es dunkel, da sieht mich kein Mensch.«

»Du spinnst doch. Wo willst du denn hin?«

»Ich mach einen kleinen Abstecher in die ›Rote Laterne‹. Mal hören, was die Leute so reden.«

»Mir pfeifste zurück un dann willste selber inne ›Laterne‹?« Paule trat wütend gegen die leere Bohnendose, dass sie scheppernd in die Ecke flog. »Nee, nee, meene Herrschaften. So ham wa nich jewettet. Meene Olympia is entführt, da sitz ich doch nicht untätig rum. Ick komm natürlich mit.«

»Natürlich kommst du mit, Paule«, besänftigte ihn Otto. »Ohne dich wär ich in der ›Laterne‹ doch vollkommen aufgeschmissen.«

9. KAPITEL,

in dem Paule das Tanzbein schwingt

Als Otto und Paule die Tür zur »Roten Laterne« aufstießen, prallten sie gegen eine Wand aus Rauch, Bierdunst und Lärm. Dagegen war das Redaktionsbüro des *Lokal-Anzeigers* ein Luftkurort.

»Tief eenatmen und denn untatauchen«, erklärte Paule.

Otto füllte seine Lungen mit der eiskalten Nachtluft und folgte seinem Freund in die Bar. Er tastete sich durch den Qualm wie durch einen dichten Nebel. Nach ein paar Schritten hatte er die Orientierung verloren, weil die Kneipe ihrem Namen alle Ehre machte und nur von einer Handvoll roter Funzeln erleuchtet wurde.

»Da hinten rechts vonner Bar hat Freddy der Fisch seinen

Stammplatz«, raunte Paule ihm zu. »Wir müssen nur uffpassen, det er uns nicht bemerkt.«

»Kann mir nicht vorstellen, dass uns hier einer bemerkt«, murmelte Otto. »Das Licht ist so schlecht. Und außerdem sind die alle ziemlich blau.«

Das war stark untertrieben. Die meisten Gäste in der »Roten Laterne« waren so betrunken, dass sie sich mit der einen Hand an ihrem Bierkrug und mit der anderen an einem Schnapsglas festhielten, um nicht von den Stühlen zu fallen.

»Aba der Fisch nich«, erklärte Paule. »Der trinkt nämlich nur Wasser. Deshalb heißt er auch *der Fisch*.«

Als Otto seinen Kopf reckte, konnte er Freddy an seinem Platz sehen. Er bezweifelte, dass er seinen Spitznamen wirklich nur bekommen hatte, weil er keinen Alkohol trank. Der Mann sah nämlich auch aus wie ein Fisch. Wie ein Goldfisch, um genau zu sein. Er hatte seine langen, rotgelben Haare mit viel Pomade aus der Stirn gekämmt und glupschte trübsinnig aus hellblauen, wässrigen Augen in die Welt.

Freddy saß mit zwei anderen Männern am Tisch, die Otto den Rücken zukehrten.

»Der Linke schimpft sich Kanonenjustav«, erklärte Paule leise. »Den andern kenn ick nich.«

»Wir müssen näher ran«, meinte Otto.

»Dit kannste verjessen. Wenn die spitzkriejen, det du se belauschen willst …« Paule unterbrach sich. Otto sah, wie die Augen seines Freundes den Raum durchsuchten und an dem Vorhang haltmachten, der die halbe Rückwand der Kneipe bedeckte. Dahinter lag eine schmale Bühne, auf der manchmal Tanznummern zum Besten gegeben wurden. »Ick glaub, ick hab's«, murmelte Paule leise.

»Was?«

»'ne Idee. Siehste gleich. Ick jeh jetz los, und wenn ick anner Wand bin, machst du hier ordentlich Theata.«

»Theater? Wie meinst du das?«

»Kannst ja 'n Jedicht rezikoprieren oder 'n Lied singen … Oder fang 'ne Prüjelei an. Irjendwatt, damit die Burschen kurz abjelenkt sind.«

»Na, du bist gut.« Otto kratzte sich am Kopf. »Ich hab keinen blassen Schimmer …«

Aber da war Paule schon weg.

Als Paule die Wand erreicht hatte, winkte er Otto zu, der sich mit den Fingern durch die Haare fuhr, wie immer, wenn er nervös war. Hoffentlich war ihm inzwischen ein Ablenkungsmanöver eingefallen, dachte Paule. Er sah, wie Otto schnurstracks auf einen der Trinker zumarschierte, der an der Bar saß. Ob er wirklich eine Prügelei anfangen wollte?

»Da bist du ja, Vater!« Ottos Stimme gellte durch den ganzen Raum. »Du sollst augenblicklich nach Hause kommen, wir warten doch alle auf dich! Mutter ist furchtbar wütend!«

Die Antwort von Ottos angeblichem Vater fiel deutlich leiser aus.

»Was?«, schrie Otto. »Bist du nun schon so besoffen, dass du mich nicht mehr erkennst? Ich bin doch der Kalli, dein Sohn!«

Von einer Sekunde auf die andere war das halbe Lokal auf den Beinen. Die Trinker erhoben sich und grölten, einige stiegen sogar auf ihre Stühle, um einen besseren Blick auf die Bar zu erhaschen, wo Otto am Ärmel des Gastes hing und wie ein Besessener daran riss. »Komm schon, Vater. Wenn du dich nicht beeilst, holt Mutter das Nudelholz raus wie beim letzten Mal!«

Auch der Fisch und seine Trinkkumpane reckten die Hälse und starrten zur Bar. Paule reagierte blitzschnell. Er machte drei große Sätze und war hinter dem roten Vorhang verschwunden. Auf Zehenspitzen schob er sich am Vorhang entlang, bis er die Stelle erreicht hatte, an der die Männer saßen. Sein Herz hämmerte, hoffentlich konnte man das auf der anderen Seite nicht hören. Olympia, dachte er und fühlte sich augenblicklich ruhiger.

»Lass mich doch in Frieden!«, schrie eine betrunkene Männerstimme.

»Ach du grüne Neune!«, hörte Paule Otto brüllen. »Jetzt merk ich es auch. Du bist ja gar nicht mein Alter. Entschuldigen Sie vielmals die Störung, mein Herr. Schönen Abend noch.«

»Haha«, lachte direkt neben Paule ein Mann los. »Der Kleine hat wohl auch schon einen gebechert. Erkennt seinen eigenen Vater nicht mehr.«

»Aber hast du gesehen, wie nervös Kurt geworden ist?«, fragte sein Zechgenosse. »Jede Wette, dass der sich gefragt hat, ob der Bengel nicht vielleicht doch von ihm ist.«

»Hoho. Darauf trinken wir!«

Paule hörte zwei Bierkrüge gegeneinanderklirren und grinste, aber das Grinsen verging ihm schnell wieder, denn es erklang eine dritte Stimme, viel leiser als die anderen und gefährlich kalt. »Haltet doch mal die Luft an.«

»Was ist, Freddy?«

»Die Sache ist mir nicht geheuer.«

»Ist das Bürschchen vielleicht von dir? Hehe, einer sollte den Jungen zurückholen! Hier sitzt sein Alter und …«

»Schnauze, Gustav!«

Kanonengustav räusperte sich betreten. Paule schloss die Augen. Ihm war auf einmal schwindlig vor Angst.

»Heute hat sich schon so ein Rotzbengel hier rumgetrieben. Der hat Emmi nach mir ausgequetscht. Und nun die Nummer an der Theke. Das stinkt doch.«

»Was soll der denn von dir wollen?«, meinte Kanonengustav. »Das ist 'n Kind, Freddy. Den ham se zu heiß gebadet, aber gefährlich ist der bestimmt nicht.«

»Kann ich mir auch nicht vorstellen«, pflichtete der dritte Ganove bei.

»Was ihr euch vorstellen könnt oder nicht, ist mir doch egal«, raunte der Fisch. »Ich hab ein mieses Gefühl. Und mein Gefühl trügt mich nie.«

»Was willst 'n jetzt machen? Der Kleine ist über alle Berge, den erwischen wir nicht mehr.«

»Vielleicht sitzt er ja bei uns unterm Tisch«, kicherte Kanonengustav. »Ich kiek mal nach.«

Offensichtlich hatte er wirklich unter den Tisch geblickt, weil sein betrunkener Freund in hysterisches Gelächter ausbrach. Dann scharrte ein Stuhl über den Boden.

»Och, nu sei doch nicht gleich sauer, Freddy. War doch nur 'n Witz!«

»Mir ist aber nicht nach Witzen zumute«, zischte der Fisch. »Denkt vielleicht einer von euch gelegentlich noch an den Keller in der Landsberger Allee? Wenn wir das Ding vermasseln, war die ganze Arbeit umsonst. Dann sehen wir keinen Pfennig!«

»Was hast du denn, Freddy? Bisher ist doch alles prima gelaufen ...«

»Weil ich die Fäden in der Hand habe.« Ein lauter Knall ließ Paule zusammenfahren. Der Fisch hatte mit der Faust auf den Tisch geschlagen. »Aber wenn ihr jetzt leichtsinnig werdet, dann fliegen wir auf. Das ist eine richtig große Nummer, die wir da drehen, kapiert das endlich!«

Zu Paules Erleichterung murmelte der Fisch einen mürrischen Gruß, ein paar Münzen klirrten auf den Tisch, dann verzog er sich.

»Der soll sich mal beruhigen«, murrte Kanonengustav, als der Fisch weg war. »Weiß gar nicht, warum er alles immer so verbissen sieht.«

»Weil er nix trinkt«, sagte sein Freund. »Im Gegensatz zu uns. Prost, Gustav! Das Leben ist zu kurz, um nüchtern zu bleiben.«

Paule hoffte inbrünstig, dass die beiden weiter über den Keller auf der Landsberger Allee reden würden. Und über das, was sich dort verbarg. Obwohl er es ja eigentlich schon wusste. Das war kein Zufall, das konnte kein Zufall sein. Der Fisch und seine Leute hatten die Zwillinge entführt – und zwar im Auftrag des Botschafters. Jetzt mussten die Schatten nur noch herausfinden, in welchem Haus die Männer die Mädchen versteckt hielten, dann konnten sie die Sache der Polizei übergeben. Leider war die Landsberger Allee entsetzlich lang.

Paules Hoffnung wurde enttäuscht. Die Männer schimpften über den Schnee und die Kälte und über Emmi, die immer weniger Bier in immer kleinere Krüge zapfen ließ. Und dafür immer mehr Geld kassierte. »Die fette Kuh«, schimpfte Kanonengustav, aber nur sehr, sehr leise, weil er Emmis gute Ohren kannte. Dass sie heute nicht auf ihrem gewohnten Platz neben der Theke saß, bedeutete nicht, dass sie nicht da war.

Paule beschloss, den Rückzug anzutreten. Gut, dass der Fisch weg war. Den beiden anderen Ganoven würde es bestimmt nicht auffallen, wenn er hinter dem Vorhang hervorschlüpfte und sich vom Acker machte.

Doch gerade in diesem Moment hörte er hinter sich ein Scharren und Trappeln. Sein Kopf schoss herum, sein Mund klappte auf. Oh nein! Auf der schmalen Bühne stellten sich sieben leicht bekleidete Ballettmädchen in Positur. Kichernd verschränkten sie die Arme hinter dem Rücken ihrer jeweiligen Nachbarin. Irgendwo dudelte ein Grammofon los.

»Eins, zwei, drei!«, kommandierte eine der Tänzerinnen. Im selben Moment wurde Paule von einem der Mädchen entdeckt. Ihre Augen wurden groß vor Überraschung. »Schaut doch mal da …«

»Schschsch!«, wiesen sie die anderen zurecht. »Es fängt an.«

Der Vorhang begann zu wackeln. Dann wurde er langsam aufgezogen.

Paule schwitzte vor Angst. Sobald der Vorhang ganz offen war, würden ihn alle in der Kneipe sehen. So betrunken konnten Kanonengustav und sein Freund gar nicht sein! Natürlich würden sie kapieren, dass sie gerade belauscht worden waren.

Auf dem Weg nach draußen musste Paule direkt an den beiden vorbei und danach durch die ganze »Rote Laterne«. Selbst wenn die Ganoven ihn nicht erwischten, irgendeiner ihrer Spießgesellen würde ihn zu Fall bringen und schnappen.

»Nutzt allet nüscht«, murmelte Paule. Jetzt half nur noch die Flucht nach vorn. Mit einem Sprung war er auf der Bühne. Die Tänzerinnen, die ihre langen Beine abwechselnd nach links und rechts warfen, kreischten. Paule riss seine Mütze vom Kopf und winkte damit ins Publikum. Dann steppte er mit klackernden Stiefeln an den Ballettmädchen vorbei. In der Mitte der Bühne sprang er in die Luft und reckte seine Arme nach oben. Bei der Landung rutschte er leider aus, seine Füße glitten zu beiden Seiten weg, sodass er fast im Spagat auf der Bühne saß.

»Bravo!«, applaudierte das Publikum. »Was für ein Sprung! Hooho! Haha! Zugabe!«

Paule ging in die Hocke, kickte abwechselnd die Füße nach vorn und wedelte mit den Händen. Die Tanzmädchen hinter ihm schienen inzwischen genau wie das tobende Publikum zu der Überzeugung gekommen zu sein, dass er ein Teil der Nummer war. Sie warfen ihre Beine nach vorn, juchzten und klatschten im Takt zu seinen Verrenkungen.

»Yieeha!«, schrie Paule. Während er sich hüpfend zum Bühnenrand bewegte, blickte er zum Tisch von Kanonengustav und atmete auf. Die beiden Ganoven hatten offensichtlich keinen Verdacht geschöpft. Sie schwenkten vergnügt ihre Bierkrüge. Paule machte vor Erleichterung einen noch höheren Luftsprung. Diesmal kam er auf den Füßen auf, verlor aber einen Moment später das Gleichgewicht und landete auf dem Hintern.

Und das lag an dem Schrecken, der ihm in die Glieder gefahren war. Freddy der Fisch hatte die »Rote Laterne« doch noch nicht verlassen. Er stand neben der Tür und starrte in Richtung Bühne. Ganz offensichtlich kaufte er Paule die Tanznummer nicht ab. Freddy fielen fast die Fischaugen aus dem

Kopf, seine Mundwinkel hingen nach unten. Und nun setzte er sich in Bewegung.

Paule wusste, was der Fisch vorhatte: ihn schnappen und ausquetschen.

Nichts da! Er rappelte sich hoch, griff nach seiner Mütze, die neben ihm gelandet war, und hastete in Richtung Bühnenausgang. Gellende Pfiffe, Jubel und donnernder Applaus folgten ihm, als er durch die dunkle Garderobe stürmte.

Der Ausgang, wo war bloß der Ausgang? Er riss eine Tür auf und landete fast in einem Schrank, knallte die Tür wieder zu und rannte weiter. Von der Bühne drang ein schrilles Kreischen. Kein Zweifel, der Fisch bahnte sich einen Weg durch die Tänzerinnen. Er war hinter Paule her, und wenn der nicht schnell den Weg nach draußen fand, war er verloren.

Paule riss die nächste Tür auf und stürmte in einen dunklen Gang. Es war derselbe Flur, durch den ihn am Nachmittag Emmi geführt hatte und der in ihrem Wohnzimmer endete. Da wollte Paule nicht hin, aber zu Freddy wollte er noch weniger, also rannte er weiter, bis er die Tür erreicht hatte. Er stieß sie auf, flog über die Schwelle und prallte gegen einen warmen Berg aus Fleisch.

»Junge, Junge!« Zum Glück hatte die dicke Emmi den Zusammenstoß unbeschadet überstanden. Der Aufprall war von ihren Fettmassen aufgefangen worden. »Du hast es aber eilig«, schnaufte sie.

»Emmi! Du musst ma helfen! Schnell! Wo jeht's hier raus?«

»Raus?«

»Der Fisch is hinter mir her. Und wenner mir erwischen tut, machter mir kalt.«

Paule zog eilig die Tür hinter sich zu.

Draußen auf dem Gang knallten Schuhe, die Schritte kamen immer näher. Wenn kein Wunder geschah, war er verloren. Emmi kniff die Augen zusammen.

»Hast du was ausgefressen?«

»Ick …«

Zu spät. Die Türklinke bewegte sich nach unten. Emmi sank aufs Sofa, zog Paule zwischen ihre Knie und warf eine Häkeldecke über ihn.

»Hab ich dich, Bürschchen!«, zischte der Fisch und stürzte in den Raum. Im selben Moment krachte das Sofa unter Emmi zusammen. Zu Paules Erleichterung blieb die Wirtin auf dem Boden sitzen, als sei nichts geschehen.

»Bürschchen?«, fragte sie empört. »Was ist das denn für ein Ton! Was erlaubst du dir?«

»Ich … äh … suche diesen Bengel.«

»Welchen Bengel? Und warum?«

»W-w-eil … Das ist privat.«

»Genau wie dieses Zimmer. Raus mit dir, aber plötzlich!«

»Er ist hier reingerannt. Ich hab's genau gesehen.«

»Bei dir piept's wohl. Hier ist niemand außer mir. Und ich hab schlechte Laune. Dieses Sofa treibt mich zur Verzweiflung.«

»Der Lümmel versteckt sich hier«, flüsterte der Fisch lauernd.

Paule hielt die Luft an.

»Willst du den Raum durchsuchen?«, dröhnte Emmi. »Ich warne dich, Freddy. Wenn du nicht augenblicklich Leine ziehst, dann erteile ich dir Hausverbot, und zwar lebenslänglich.«

Lebenslänglich. Das war ein Wort, das dem Fisch ganz und

gar nicht gefiel. Er zögerte einen Moment, sah dann aber er ein, dass er gegen Emmi keine Chance hatte. »Also gut«, sagte er. »Aber keine Sorge, ich erwisch dich noch, du Rotzlöffel!«

»Raus!«, brüllte Emmi.

»Das gilt auch für dich«, knurrte sie Paule an, nachdem die Tür hinter Freddy ins Schloss gefallen war. Mühsam rappelte sie sich wieder hoch. »Dieses Mal hab ich dir geholfen, aber beim nächsten Mal lass ich dich hängen, das versprech ich dir. Hast du das kapiert?«

Paule nickte angsterfüllt.

»Da drüben ist der Hinterausgang. Aber morgen früh kommst du wieder her. Das Sofa muss repariert werden.«

»Danke, Emmi.« Paule hatte in den nächsten Tagen nun wirklich Wichtigeres zu tun, als Emmis kaputtes Sofa zu reparieren. Aber das behielt er lieber für sich.

10. KAPITEL,

in dem Klara zu spät kommt

Klara tastete nervös über das kleine Hütchen auf ihrem Kopf. Am Morgen hatte Lina Klaras strohblonde Haare zu zwei Zöpfen geflochten und über den Ohren schneckenförmig festgesteckt. Sie kam sich entsetzlich albern vor, aber Lina hatte darauf bestanden, dass das die perfekte Frisur für ein Dienstmädchen war.

»Du musst dein Haar immer hochstecken. Damit dir deine Zöpfe beim Kochen nicht in die Suppe fallen. Oder in den Putzeimer.«

»Ich kann doch auch meine Schiebermütze tragen. Dann sind die Haare auch aus dem Weg.«

»Dann bekommst du die Anstellung aber nicht.«

Otto war ziemlich beeindruckt gewesen, als er Klara in dem dunkelblauen Taftkleid gesehen hatte, das sie zusammen mit der weißen Schürze aus der Villa mitgenommen hatte. »Du siehst ja aus wie … ein Mädchen«, stammelte er.

Ein Mädchen. Wie grässlich, dachte Klara. Aber Lina hatte recht – ohne diese Maskerade würde sie niemals ins Haus des Botschafters kommen. Sie strich ihre Schürze glatt und zog an der Glockenschnur neben dem Dienstboteneingang. Irgendwo im Haus schrillte eine Klingel.

Klara unterdrückte ein Gähnen. Es war zwar schon halb zehn, aber sie hatte in der letzten Nacht viel zu wenig geschlafen.

Die beiden Jungen waren erst um zwei Uhr aus der »Roten Laterne« zurückgekehrt, und bis sie alles berichtet hatten, war es kurz vor drei gewesen. Dennoch war Paule schon weg gewesen, als die anderen am Morgen aufgestanden waren.

»Der ist doch tatsächlich zu Emmi, um ihr das Sofa wieder zusammenzuschrauben«, hatte Otto gesagt.

Klara versuchte sich an die klugen Ratschläge zu erinnern, die Lina ihr gegeben hatte. *Niemals an den Fingernägeln kauen und bloß nicht in der Nase bohren,* hatte sie gesagt. Den Rest hatte Klara leider vergessen. Es war auch zu spät, darüber nachzudenken, denn jetzt wurde die Tür geöffnet. Vor ihr stand ein großes, dünnes Mädchen in einer blütenweißen Schürze. Sie trug ein Spitzenhäubchen auf dem Kopf und fröstelte sichtlich in der eiskalten Luft.

»Was willst du?«, fragte sie.

Klara knickste. *Je öfter du knickst, desto besser,* hatte Lina gesagt. »Ich wollte mich vorstellen.«

»Vorstellen.« Das Mädchen musterte sie von oben bis unten. »Was kannst du denn?«

»Servieren, kochen, waschen, putzen, nähen, fegen und plätten«, log Klara. Mehr Tätigkeiten, die man in einem Haushalt verrichten konnte, fielen ihr auf die Schnelle nicht ein, sonst hätte sie auch diese aufgezählt. »Ich habe erstklassige Zeugnisse.«

Die allesamt Lina gefälscht hatte. Während die beiden Mädchen in der letzten Nacht auf die Jungen gewartet hatten, hatte Lina ein Empfehlungsschreiben nach dem anderen verfasst.

»Ach ja?« Das Mädchen kniff die Augen zusammen. »Na, dann komm mal rein. Ich glaube nicht, dass wir noch jemand brauchen. Johann hat nämlich erst heute Morgen ein neues Mädchen eingestellt. Aber ich kann ja mal nachfragen, wenn's sein muss.«

Klara folgte ihr durch ein Gewirr von Gängen, bis sie in die Küche der Botschafter-Villa kamen. Hier wurde in großer Geschäftigkeit das Mittagessen zubereitet. Fett zischte und spritzte, aus brodelnden Töpfen stiegen Dampfwolken aus, Geschirr klapperte und Besteck klirrte. »Pass doch auf!« Direkt neben Klara haute ein Koch einem Küchenjungen auf die Finger. Klara versteckte unwillkürlich ihre Hände hinter dem Rücken.

Das Mädchen brachte Klara in einen Nebenraum, in dem ein paar Dienstmädchen Silberlöffel polierten.

»Warte hier«, sagte sie.

Klara trippelte von einem Fuß auf den anderen, während sie die Mädchen beobachtete, die die Löffel und Gabeln wienerten, als ginge es um ihr Leben. Dabei plapperten sie in einer Tour, über den Schnee und die Kälte, den neuesten Film der Ginelli und die Polizisten, die seit der Entführung im Haus ein- und ausgingen.

Nach ein paar Minuten kam das Dienstmädchen wieder zurück, gefolgt von einem dicken Herrn. Augenblicklich verstummten alle Mädchen und schlugen die Augen nieder. Der

Herr trug ein weißes Hemd mit Fliege, darüber eine gestreifte Weste und einen Frack.

»Sind Sie Herr Prockauer-Waldenfels?«, fragte Klara.

Die Silbermädchen kicherten. Klara erinnerte sich, dass Lina ihr geraten hatte, niemals das Wort an die Herrschaften zu richten. *Warte immer, bis sie dich ansprechen,* hatte Lina gesagt.

»Ruhe«, knurrte der Mann.

Das Kichern verstummte sofort.

»Mein Name ist Johann«, sagte er, wobei er sich anhörte, als halte ihm jemand die Nase zu. »Ich bin hier der erste Diener. Du suchst eine Anstellung?«

Klara nickte eifrig und knickste.

»Da hast du Pech gehabt. Vor einer halben Stunde hätte ich dich genommen, aber nun hab ich jemand anderes eingestellt.« Er wies mit dem Kopf auf ein Mädchen, das Klara den Rücken zukehrte. So ein Mist. Vor Wut hätte Klara sich ohrfeigen können oder noch besser – das Mädchen, das ihr zuvorgekommen war. Aber sie durfte sich ihren Ärger nicht anmerken lassen, sonst setzte dieser Diener sie sofort vor die Tür. »Sind Sie ganz sicher, dass Sie nicht noch jemanden brauchen? Ich bin sehr geschickt und fleißig. Sie wären hochzufrieden mit mir«, flötete sie.

Johann zuckte mit den Schultern. »Du kannst es in zwei Wochen noch mal versuchen. Vielleicht haben wir bis dahin jemanden rausgeworfen. Das Personal lässt mehr und mehr zu wünschen übrig.«

Die Mädchen senkten die Köpfe noch tiefer über das Silberbesteck und wienerten, dass es quietschte. Ein paar warfen Klara hasserfüllte Blicke zu. Klara schluckte betreten. Aber sie konnte ja schlecht erklären, dass sie gar nicht vorhatte zu arbeiten, sondern nur ein bisschen herumschnüffeln wollte.

»Ich könnte aber auch jetzt sofort anfangen«, versuchte sie es noch einmal. »Das wäre doch …«

»Sag mal, bist du schwer von Begriff?«, donnerte der Diener. »Ich hab dir doch gesagt, dass ich niemanden brauche!«

Er hatte so laut gesprochen, dass die Neue vor lauter Schreck zusammengezuckt war und ihren Löffel hatte fallen lassen. Klirrend schlitterte er über den Boden und landete genau vor Klaras Füßen. Sie bückte sich, um ihn aufzuheben, im selben Moment ging auch das andere Mädchen in die Knie, sodass sie fast mit den Köpfen zusammenstießen. Unter dem Spitzenhäubchen blickte Klara ein rundes, rotwangiges, sommersprossiges Gesicht an, ein Gesicht, das sie nur zu gut kannte.

Bevor sie es verhindern konnte, stieß Klara einen spitzen Schrei aus. »Aber das ist ja …« Im letzten Moment schluckte sie den Namen hinunter.

»Was schreist du hier herum?«, schimpfte Johann. »Und du,

Paula, pass auf das Besteck auf. Das ist feinstes Silber, kein Blech wie der Ramsch bei dir zu Hause.«

Paula! Klara kochte vor Wut. Darum war Paule am Morgen so früh aufgestanden und hatte sich davongeschlichen. Um ihr zuvorzukommen. Er hatte sich als Mädchen verkleidet und nun die Stelle bekommen, die eigentlich Klara zugestanden hätte.

Der Diener wandte sich wieder an das Dienstmädchen, das Klara die Tür geöffnet hatte. »Edda, bring diese Person nach draußen.«

»Sind Sie sich ganz sicher?«, fragte Klara. »Ich meine, das sieht doch ein Blinder mit dem Krückstock, wie ungeschickt sich diese Trine anstellt. Die kann doch gar nichts. Das Besteck ist auch nicht gerade gut poliert. Schauen Sie mal!« Sie schnappte sich einen der Löffel, den Paule gerade noch bearbeitet hatte, und hielt ihn hoch. Leider glänzte das Silber so hell, dass es einen fast blendete.

»Jetzt reicht es aber, du freches Gör!« Der Diener verlor nun endgültig die Geduld. »Du verschwindest auf der Stelle.«

»Un zwar dalli«, sagte Paule.

Die übrigen Mädchen kicherten wieder.

»Ruhe!«, schrie Johann mit überschnappender Stimme. »An die Arbeit! Sonst schmeiß ich euch alle raus.«

»Komm jetzt«, sagte Edda und zog Klara am Ärmel zur Tür.

»Danach gehst du in den Blauen Salon, Edda, und fragst die gnädige Frau, wann wir das Essen servieren sollen. Hoffen wir mal, dass sie heute etwas zu sich nimmt.«

Schweigend führte Edda Klara durch die Küche und die Gänge zurück zum Ausgang. »Schönen Tag noch«, sagte sie und öffnete die Tür.

»Warte doch mal«, sagte Klara leise. »Gibt es schon was Neues zu den entführten Mädchen?«

Edda machte ein Gesicht, als ob sie auf ein Stück Zitrone gebissen hätte. »Was geht dich das an?«

Klara griff in ihre Schürzentasche und zog die goldene Kette heraus, die sie bei ihrem Auszug aus der Nachbarvilla hatte mitgehen lassen. Trotz Ottos Moralpredigten. Sie hatte einfach nicht widerstehen können, und jetzt zeigte sich, wie klug das gewesen war. Klara ließ den herzförmigen Anhänger vor Eddas Gesicht hin- und herbaumeln, als wollte sie sie hypnotisieren.

Tatsächlich starrte das Mädchen wie gebannt auf die Kette.

»Hast du die gestohlen?«, fragte sie leise.

»Das ist pures Gold«, sagte Klara. Das war keine Antwort auf die Frage, aber Edda genügte es. Sie wollte zugreifen, doch Klara zog die Kette zurück.

»Die Entführung«, erinnerte sie sie. »Gibt es schon eine Lösegeldforderung?«

Edda kaute an ihrer Unterlippe. »Gestern kam ein Brief«, sagte sie widerstrebend.

»Und weiter?«

»Er war an die Herrschaften adressiert, aber die Polizei hat ihn aufgemacht«, flüsterte Edda. »Und da war was drin. Aber es ist absolut geheim. Die gnädige Frau hat zwei Stunden lang geheult, nachdem sie den Brief bekommen hat.«

»Und warum hat sie geheult?«

»Da waren zwei blonde Locken drin. Von den gnädigen Fräuleins.«

»Von den gnädigen Fräuleins?« Klara brauchte einen Moment, bis sie kapierte, dass damit Olympia und Sylvestra gemeint waren.

»Und ein Brief war auch drin.«

»Und was stand in dem Brief?« Klara wurde ungeduldig. Diese dumme Gans ließ sich die Wörter wie Würmer aus der Nase ziehen. Sie hätte Edda gerne geschüttelt, aber dann bekam sie wahrscheinlich gar nichts mehr aus ihr heraus. Zu allem Überfluss tauchte Diener Johann am Ende des Flurs auf.

»Sag schnell«, zischte Klara.

»Wie lange willst du eigentlich noch hier herumstehen?«, herrschte Johann Edda an. »Glaubst du eigentlich, du wirst fürs Tratschen bezahlt?«

Edda wurde rot vor Schreck, schließlich wollte sie ja genau das – dass Klara sie fürs Tratschen bezahlte. »Die Entführer wollen sich heute wieder melden«, flüsterte sie Klara zu. Sie grapschte nach dem Anhänger und riss ihn an sich. Dann knallte die Tür vor Klara ins Schloss.

Eine Stunde später saß Klara wieder vor dem Kanonenofen im Bandenversteck. Draußen war die Temperatur noch einmal um ein paar Grad gefallen, aber das merkte sie nicht. Sie kochte vor Wut.

»Wir haben vereinbart, dass ich als Dienstmädchen zu den Prockauers gehe. Und Paule repariert das Sofa von Emmi oder rennt vor dem Fisch weg oder macht sonst irgendwas anderes!«

»Nun ist Paule eben beim Botschafter.« Otto zuckte mit den Schultern. »Ist doch ganz egal. Hauptsache, wir finden raus, was …«

»Egal?«, schnaubte Klara. »Paule hält sich nicht an unsere Abmachungen, und dir ist das *egal*?«

»Reg dich nicht so auf, Klara«, sagte Otto. »Sei doch froh,

dass du nicht das Silberbesteck polieren und die Böden schrubben musst. Ein Vergnügen ist das doch ganz bestimmt nicht.«

Klara wollte gerade antworten, aber Lina war schneller.

»Hört auf!«, rief sie laut.

Klara und Otto blickten sie überrascht an. Es kam so gut wie nie vor, dass das jüngste Bandenmitglied seine Stimme erhob.

»Die Zwillinge sind seit zwei Tagen entführt«, fuhr Lina leiser fort. »Sie sitzen in irgendeinem Keller …«

»… auf der Landsberger Allee …«, ergänzte Otto.

»… und das ist zu allem Überfluss auch noch die längste Straße in ganz Berlin. Elf Komma sieben Kilometer, um genau zu sein«, sagte Lina. »Aber anstatt euch die Köpfe zu zerbrechen, wie wir die Mädchen befreien können, schlagt ihr sie euch gegenseitig ein.«

Klara schluckte. Lina hatte recht. Vor lauter Wut über Paule hatte sie die Zwillinge fast vergessen. Aber als sie Lina jetzt ansah, kam ihr eine Idee. »Dieser Vanitus«, begann sie zögernd. »Meinst du wirklich, er würde uns helfen?«

Lina nickte eifrig. »Ganz bestimmt würde er das tun. Und die Schlangenfrau macht auch mit!«

»Woher willst du das so genau wissen? Du hast doch nicht etwa schon mit ihm gesprochen?«, fragte Otto misstrauisch.

Obwohl es in der Schreinerei ziemlich dunkel war, war unübersehbar, dass Lina puterrot wurde.

»Ich … äh, na ja.« Lina schob trotzig die Unterlippe vor. »Ich wollte nur mal wissen, ob er grundsätzlich bereit ist …«

»Hält sich hier eigentlich irgendjemand an meine Anweisungen?«, entfuhr es Otto.

»Oder an meine?«, fügte Klara wütend hinzu. »Immerhin bin ich hier der Boss.«

Bevor Otto reagieren konnte, rief Lina: »Nicht wieder streiten, bitte! Vanitus ist wirklich nett. Als ich ihm erzählt habe, was passiert ist, hatte er zuerst Bedenken, weil er keine Schwierigkeiten mit der Polizei haben will. Aber dann konnte ich ihn doch überreden, uns zu helfen. Er hat vorgeschlagen, dass wir noch einmal in die Villa gehen.«

»Was will er denn da?«, fragte Otto.

»Die Villa soll uns als Stützpunkt dienen«, erklärte Lina mit wichtiger Miene. »Von dort kann Vanitus die Schlangenfrau ins Haus des Botschafters schicken. Sie kann sich doch überall verstecken und unbemerkt in jeden Winkel kriechen. Und hinterher erzählt sie Vanitus, was sie gesehen hat.«

»Die Idee ist gar nicht so übel«, meinte Klara. »Die Schlangenfrau als Spion. Paule ist viel zu ungeschickt, um als Dienstmädchen durchzugehen. Ich geb ihm zwei Stunden, dann sitzt er wieder auf der Straße. Und bis dahin findet er bestimmt nichts raus. Aber die Schlangenfrau … Wenn wir sie in die Prockauer-Villa einschleusen, könnte sie sich prima umsehen. Sie spricht zwar kein Deutsch, aber sie scheint es ja ganz gut zu verstehen.«

Lina glühte vor Stolz. »Wenn ihr wollt, lauf ich gleich zur ›Katze‹ und sag Bescheid. Vielleicht können wir heute noch loslegen.«

»Halt, halt!« Klara stand auf. »Ich komm natürlich mit. Das Ganze war schließlich auch meine Idee.«

»Ich weiß nicht.« Otto war skeptisch. »Ich finde das alles sehr seltsam. Warum will dieser Kerl uns helfen? Was verspricht er sich davon?«

»Nichts«, sagte Klara. »Er ist einfach nett.«

»Meister Vanitus ist wirklich ein guter Mensch, Otto«, ergänzte Lina.

»Also schön, meinetwegen«, lenkte Otto widerwillig ein. »Aber ich komme auch mit. Wer weiß, was dieser Schlangenfritze sonst mit Lina anstellt.«

»Du willst uns begleiten?«, fragte Klara ungläubig. »Da draußen wimmelt es vor Polizisten. Und auch wenn die Schupos nicht die Hellsten sind, sie haben bestimmt keine Tomaten auf den Augen.«

»Wenn sie mich erwischen, gehe ich eben wieder ins Gefängnis«, meinte Otto gleichmütig. »Dann müsst ihr den Fall ohne mich lösen. Aber ich sperr mich doch nicht selbst ein und bleib hier hocken.«

»Wie du meinst. Aber erwarte bloß nicht, dass ich dich wieder raushole, wenn sie dich einlochen.«

11. KAPITEL,

in dem Paule putzt und Otto zittert

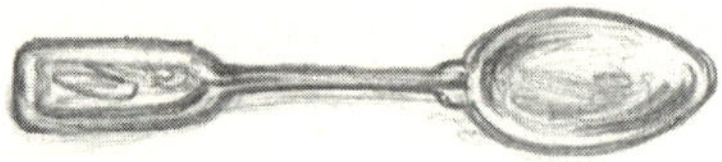

Paule schwitzte. So anstrengend hatte er sich das Leben als Dienstmädchen nicht vorgestellt. Zuerst musste er Berge von silbernen Löffeln polieren. Er rieb und wischte und putzte, was das Zeug hielt. Nach einer halben Stunde war sein Daumen wund, nach einer Stunde auch der Zeigefinger, danach brannte die ganze Hand. Aber das war nicht das Schlimmste. Das Schlimmste war Johann. Der Sauertopf, wie Paule ihn insgeheim nannte, ließ ihn keine Sekunde aus dem Auge. Selbst wenn der Diener nicht im Raum war, schien er Paule im Blick zu haben, und wenn Paule auch nur den kleinsten Fehler machte, dann stürzte sich Johann sofort auf ihn wie ein Habicht auf ein wehrloses Kaninchen.

»Was haben wir denn da?«

Johann fischte einen polierten Löffel aus dem Besteckkasten und hielt ihn dicht vor Paules Gesicht. Auf dem Griff war ein winziger Punkt zu sehen, der Paules Putztuch offensichtlich entgangen war

»Dit is ’n Fleck.«

Der Sauertopf verzog das Gesicht, als wäre Paule gerade mit lehmigen Schuhen über den frisch gebohnerten Flur gelatscht. »So etwas«, sagte er angewidert, »brauchen wir hier nicht. So etwas wollen wir hier auch nicht. Schlu-de-rei-und-Nach-läss-ig-keit«, er schlug den Löffel im Takt seiner Worte auf den Tisch, »dul-den-wir-nicht.« Dann schnippte er mit den Fingern. »Edda!«

Einen Moment lang befürchtete Paule, das Dienstmädchen würde ihn am Kragen packen und aus dem Haus befördern. Aber Johann trug ihr nur auf, neben Paule stehen zu bleiben und ein Auge auf ihn zu halten.

Um halb elf gab es für alle Dienstboten eine Tasse Malzkaffee und ein Stück Rosinenbrot mit Butter.

»So gut meint es der Herr Botschafter mit euch«, sagte Johann salbungsvoll und verzog sich dann aus der Küche.

»Er geht zum Rauchen in den kleinen Salon«, flüsterte eines der Mädchen Paule zu. »Jetzt haben wir wenigstens mal zehn Minuten Ruhe.«

Von Ruhe konnte allerdings keine Rede sein, die Mädchen schnatterten und tratschten, kicherten und plapperten so munter durcheinander, dass Paule nach wenigen Minuten die Ohren klingelten.

Natürlich ging es um die entführten Zwillinge.

»Ich wette mit euch, dass die Entführer jetzt schon die Nase voll haben«, erklärte die sommersprossige Hulda am anderen Ende des Tisches. »Spätestens morgen schicken sie die beiden freiwillig nach Hause.«

»Wie meenst 'n dit?«, fragte Paule verständnislos.

»Na, die Zwillinge sind entsetzliche Nervensägen.« Sie verzog ihren Mund zu einer spitzen Schnute. »Meine heiße Schokolade ist viel zu heiß«, jammerte sie mit verstellter Stimme.

»Aua, jetzt hab ich mir den Mund verbrannt«, fiel das Mädchen neben ihr in ebenso gekünsteltem Ton ein.

»Und richtig süß schmeckt sie auch nicht!«, plärrte ihre Nachbarin.

»Nimm sie weg! Ich mag sie nicht mehr. Ich will eine Tasse Tee mit Honig.«

»Und ein Stück Nusskuchen!«

»Aber ohne Nüsse!« Lautes Gekicher.

»Sei bloß froh, dass die gnädigen Fräuleins gerade nicht da sind«, sagte Hulda zu Paule. »Sonst würden sie dich nämlich von morgens bis abends rumkommandieren. Ich will dies, ich will das, aber nicht so, sondern so oder doch lieber ganz anders.«

»Man kann ihnen einfach nichts recht machen!«

»Wat? Dit kann ick ma aba nich vorstellen.« Paule konnte es nicht fassen, wie schlecht die Mädchen von seiner geliebten Olympia und ihrer Zwillingsschwester sprachen. Die hatten ja keine Ahnung, wie schwer es die beiden Mädchen hatten. Immer wurden sie überwacht, nichts durften sie machen. Kein Wunder, dass sie manchmal unzufrieden wirkten.

»Was kannst du dir nicht vorstellen? Kennst du die beiden etwa?«, fragte Edda misstrauisch.

»Und wie! Also, ick meene, natürlich nich …« Um seine Verlegenheit zu verbergen, nahm Paule einen großen Schluck Malzkaffee und verschluckte sich prompt. »Und wie sind die Herrschaften so?«, fragte er dann, um Edda abzulenken.

»Die sind an allem schuld«, meinte Hulda, die offensichtlich die Wortführerin in der Küche war. »Die streiten sich den ganzen Tag, weil der Herr sein ganzes Geld mit leichten Mädchen durchbringt. Zum Glück ist die gnädige Frau ständig auf Kur, das Gezänk wäre sonst nicht auszuhalten. Für die Zwillinge ist das natürlich auch nicht gerade angenehm.«

»Und weil die Alten so ein schlechtes Gewissen haben, stopfen sie's ihren Töchtern hinten und vorne rein«, erklärte das Mädchen neben ihr. »Die beiden kriegen einfach alles, was sie wollen.«

»Und sind trotzdem nie zufrieden.« Hulda wollte noch etwas hinzufügen, aber Johann betrat wieder die Küche und klatschte in die Hände.

»Schluss mit der Frühstückspause. Genug getratscht!« Er scheuchte die Mädchen aus dem Raum, als wären es Hühner. Paule wollte ebenfalls flüchten, nichts wie weg von dem Sauertopf, aber Johann packte ihn an den Schürzenbändern.

»Hiergeblieben, Paula«, erklärte er. »Für dich hab ich eine besondere Aufgabe.«

Paule sollte den Spiegel im Flur putzen. Das war einerseits schlecht, weil der Spiegel riesengroß war, andererseits gut, weil er genau vor der Tür zum Studierzimmer des Botschafters hing.

»Mach das bloß ordentlich!«, drohte der Diener. »Jedes Mal, wenn der Herr Botschafter sein Büro verlässt, fällt sein Blick auf dieses Schmuckstück. Also keine Schlamperei!«

Paule knickste. »Jawoll, Herr Johann.«

Der Sauertopf musterte ihn von der Seite. Paule legte sein unschuldigstes Lächeln auf. Johann räusperte sich. »In einer halben Stunde komme ich wieder, dann blitzt und blinkt hier alles, verstanden?«

Paule knickste noch einmal und begann zu wienern. Sobald der Diener um die Ecke gebogen war, ließ er den Putzlappen sinken und schlich auf Zehenspitzen über den Flur. Einen Moment lang lauschte er an der Bürotür. Drinnen war alles still. Vorsichtig drückte er die Klinke nach unten und spähte in den Raum. Das Zimmer war leer.

Eine Sekunde später stand er vor dem großen Schreibtisch.

Briefe, Bücher, Zeitungen, Dokumente stapelten sich fast bis zur Zimmerdecke, der Botschafter schien alles andere als ordentlich zu sein. Ratlos glitt Paules Blick über die Papierstapel. Er nahm einen Brief in die Hand, starrte darauf und ließ ihn dann seufzend wieder sinken. Er konnte viel zu schlecht lesen, um auch nur ein Wort zu entziffern.

Während er noch überlegte, ob er ein paar Dokumente einstecken sollte, hörte er Schritte auf dem Flur. Sie kamen rasch näher und blieben zu seinem Schreck auf der anderen Seite der Tür stehen. Jemand wollte ins Büro.

Die Autodroschke hielt direkt vor dem Tor der verlassenen Villa. Als sie ausstiegen, zog Otto seine Mütze tiefer ins Gesicht. Vor dem Haus des Botschafters stand ein Schupo, die Hand am Schlagstock, und sah neugierig zu ihnen herüber.

Meister Vanitus war die Ruhe selbst. »Na dann wollen wir mal«, murmelte er. Er bezahlte den Fahrer und hievte ächzend einen Koffer aus dem Wagen. »Du meine Güte, Ana, du wirst auch nicht leichter«, keuchte er.

»Nichts wie rein in die gute Stube.« Klara zog einen Schlüsselbund aus der Tasche. »Gut, dass ich gestern die Schlüssel mitgenommen habe. Der Schupo da drüben würde bestimmt misstrauisch werden, wenn wir hier über den Zaun klettern.« Sie gab Otto die Schlüssel. »Bitte schön. Meine Hände sind eingefroren, ich krieg das Tor bestimmt nicht auf.«

Ottos Finger waren nicht weniger klamm. Mit Mühe steckte er den größten der Schlüssel ins Schloss und versuchte ihn zu drehen, aber er bewegte sich nicht. »Bist du sicher, dass es der richtige ist?«

»Na ja. Der Schlüsselbund hing in der Küche. Aber ich hab ihn nicht ausprobiert.«

Otto drehte den Schlüssel nach links und nach rechts. Vergeblich.

Klara schob ihn zur Seite. »Lass mich mal.« Aber auch sie hatte keinen Erfolg. Sie beugte sich nach unten und hauchte gegen das Schloss. »Vielleicht ist es eingefroren.«

Aus dem Augenwinkel sah Otto, wie sich von hinten eine Gestalt näherte.

»Alles in Ordnung bei Ihnen?«

Ottos Herz setzte vor Schreck einen Schlag aus und jagte dann umso schneller weiter. Der Schupo, der vor der Prockauer-Villa Wache geschoben hatte, war zu ihnen herübergekommen. Die Arme vor der Brust verschränkt, musterte er Vanitus und die drei Kinder und wippte dabei auf den Fußsohlen.

»Leider nein, Herr Waktmeister.« Vanitus zuckte unglücklich mit den Schultern. »Der Schloss will nikt aufgehen.«

»Ist das denn überhaupt Ihr Haus?« Der Polizist verzog drohend das Gesicht, dann lachte er albern über seinen eigenen Scherz.

Jetzt wandte Vanitus sich ihm zu. Sein Gesicht glühte vor Empörung. »Excuse me?«, donnerte er so aufgebracht, dass

Otto vor lauter Schreck fast der Schlüssel aus den Händen fiel. »Naturlik ist das mein Haus!«

Der Schupo nahm augenblicklich Haltung an und räusperte sich. »Nichts für ungut«, sagte er betreten. »Entschuldigen Sie den Scherz, Herr …«, sein Blick glitt zu dem Türschild neben dem Tor, »… Shuffleburger.«

Vanitus nickte, dann nahm er Otto den Schlüssel aus der Hand, ließ ihn ins Schloss gleiten, rüttelte kurz am Tor, das sich daraufhin wie durch Zauberhand öffnete. »Is there anything else?«, erkundigte er sich bei dem Polizeibeamten. »Gijbt es nok etwos?«

»Nein«, sagte der Schupo, aber dann überlegte er es sich anders. »Das heißt – doch. Ich hätte da ein paar klitzekleine Fragen an Sie, Herr … äh … Mister Shuffleburger.«

Vanitus zögerte. »Well«, meinte er dann. »Aber meine Kinder und ik kommen gerade von einer langen, langen Reise suruck. Kommen Sie in ten minutes, please. Zehn Minuten, ja?«

»Yes.« Der Schupo stand schon wieder stramm.

»Was kann der nur von uns wollen?«, fragte Klara, als sie kurz darauf in der Vorhalle der Villa standen. »Ob er dich erkannt hat, Otto?«

»Das glaube ich nicht. Dann hätte er mich doch sofort verhaftet.«

»Wahrscheinlich nur ein paar Routinefragen.« Vanitus klappte den Koffer auf.

Otto traute seinen Augen nicht: Die dünne, lange Frau, die aus dem Koffer sprang

und sich vor ihm entfaltete, sah noch viel unheimlicher aus, als Klara und Lina sie beschrieben hatten. Sie hatte ein grün-schuppiges Gesicht mit schmalen, bösen Augen, die ihn unverwandt anstarrten.

»Sssskkmabarssssk«, zischelte die Schlangenfrau. »Suummmssssschschbrasssannsss.«

Otto wich einen Schritt zurück.

»Keine Angst«, lächelte Vanitus. »Ana ist eigentlich nicht gefährlich.«

»So was hab ich ja noch nie gesehen«, stammelte Otto. »Das ist ja …« – gruselig, wollte er gerade sagen, aber im letzten Moment schluckte er das Wort hinunter. Er wollte die Schlangenfrau auf keinen Fall kränken.

»Sssjamsss«, machte sie.

»Bevor wir uns verplaudern«, sagte Vanitus. »Vielleicht sollten wir überlegen, wie wir weiter vorgehen. Unser uniformierter Freund kann jeden Moment hier auftauchen …«

Wie auf ein Stichwort ging jetzt die Türglocke.

»Er darf Ana auf keinen Fall sehen«, rief Klara. »Und Otto sollte sich auch lieber verstecken.«

»Natürlich. Ana, vielleicht ist es besser, wenn du dich ins Obergeschoss zurückziehst. Warum zeigst du ihr nicht das Haus, Otto?« Vanitus blinzelte zu dem riesigen Kronleuchter hoch und pfiff durch die Zähne. »Ein wahrer Palast, das muss man sagen.«

»Wer macht auf?«, fragte Klara.

»Das Dienstmädchen.« Vanitus schaute sich um. »Wir haben nur leider keines.«

»Doch.« Lina kam aus der Küche gerannt. Sie hatte sich eine weiße Schürze umgebunden und trug eine Spitzenserviette als Kopftuch. Ein Häubchen hatte sie wohl in der Eile nicht gefunden.

»Das geht nicht, Lina!«, rief Klara. »Der Schupo hat dich doch schon gesehen.«

»Der hat aber nicht auf mein Gesicht geachtet. Und Dienstboten schaut man sich nicht so genau an. Was ist denn jetzt mit dir?«, wandte Lina sich an Otto. »Willst du nicht endlich verschwinden?«

Otto nickte zögernd. Die Vorstellung, dass er mit dieser gruseligen Schlangenfrau allein sein würde, gefiel ihm gar nicht. »Klara sollte auch mitkommen«, sagte er. »Sicher ist sicher.«

»Ich versteck mich in der Küche«, meinte Klara.

Ana Conda war schon an der rechten Freitreppe, jetzt schlang sie ihren biegsamen Körper ums Treppengeländer und – schwups! – war sie nach oben in die erste Etage geglitten. Otto nahm die linke Treppe.

Die Schlangenfrau war nirgends zu sehen, als er im ersten Stock ankam. Nervös blickte er sich um. Die Türen zu den einzelnen Räumen waren geschlossen, aber Lina und Klara hatten ja erzählt, dass Ana Conda auch durch Schlüssellöcher schlüpfen konnte. Wo sie jetzt wohl herumkroch?

Er musste plötzlich wieder an die Gruselgeschichten denken, die Olympia und Sylvestra über das Haus erzählt hatten. Von der ehemaligen Besitzerin, die sich umgebracht hatte und nun durch die Räume spukte. Vielleicht begegnete die Schlangenfrau ja dem Geist der Untoten. Wer von den beiden sich wohl mehr erschrecken würde?

Unten ging erneut die Klingel.

Otto trat nach vorn ans Treppengeländer und sah, wie Lina zur Tür rannte. Sie öffnete, und ihr Gesicht wurde von einer Sekunde auf die andere bleich. Ihr Mund klappte auf, aber kein Laut kam heraus.

Otto reckte den Hals, er konnte jedoch nicht sehen, wer vor der Tür stand.

»S-s-sie wünschen?«, stammelte Lina endlich.

»Wir möchten zu Herrn Shuffleburger«, sagte eine tiefe Männerstimme.

»Wen darf ich melden?« Nun hatte sich Lina wieder unter Kontrolle.

»Sag ihm, Hauptkommissar Trettoff möchte ihn sprechen.«

MORGENAUSGABE

Berliner Lokal—Anzeiger

11. Januar 1927

Ein Interview mit Meister Vanitus (Teil 2)

Berlin ist im Schlangenfieber! Die Premiere von Meister Vanitus und seiner Schlangenfrau im Varieté die »Schwarze Katze« war ein Riesenerfolg. Die Karten werden auf dem Schwarzmarkt zu Höchstpreisen gehandelt. Unser Reporter Billy Barrakuda hat mit Meister Vanitus persönlich gesprochen. Den zweiten Teil des Interviews finden Sie hier!

Meister Vanitus, unterhalten wir uns doch einmal über Ihre Reisen. Sie sind ja mit Ihrer Schlangennummer in der ganzen Welt aufgetreten.
Ja, das stimmt. Wir kommen ziemlich viel rum.

Gefällt Ihnen das Reisen?
Nein, eigentlich nicht. Auf dem Schiff werde ich immer seekrank.

MORGENAUSGABE

Berliner Lokal—Anzeiger

11. Januar 1927

Aber inzwischen gibt es doch auch Flugzeuge. Zufällig bin ich übrigens selbst Pilot.
Sie sind Pilot? Sie können ein Flugzeug fliegen? Das ist ja phänomenal.

Ich befinde mich noch in der Ausbildung.
Haben Sie denn ein eigenes Flugzeug?

Ich bin Mitglied im Flugverein Tempelhof.
Sie sind also im Flugverein. Das ist wirklich außerordentlich interessant.

Na, so interessant auch wieder nicht. Wir sollten lieber von Ihnen sprechen. In welcher Stadt hat es Ihnen bisher am besten gefallen?
Lüneburg gefällt mir gut.

Lüneburg? Und was ist mit London, Paris, Sydney?
Da ist es auch schön.

Fortsetzung folgt in der heutigen Abendausgabe. Lesen Sie, wie Meister Vanitus die Schlangenfrau gefunden hat!

12. KAPITEL,

in dem ziemlich viel gelogen wird

Otto wich so schnell zurück, dass er fast gestolpert wäre. Trettoff war hier! Aber warum? Der Hauptkommissar war doch für Mord und Totschlag zuständig und nicht für Entführungen. Oder hatte man die Zwillinge inzwischen tot aufgefunden?

Er linste wieder nach unten in die Halle. Soeben walzte der Kommissar schnaufend auf Vanitus zu. Seinen unglaublichen Körperumfang verdankte Trettoff seiner großen Leidenschaft für Kuchen, Torten und Süßigkeiten aller Art. Und seinen Spitznamen Hundert-Prozent-Heinrich der Tatsache, dass er so gut wie jeden Fall aufklärte. Egal wie.

»Sie sind der Hausbesitzer?«, ächzte der Kommissar. »Do you speak German?«

»A little bit«, sagte Vanitus, wobei er mit dem Daumen und dem Zeigefinger seiner Rechten einen winzigen Spalt andeutete. »Ik versuke es.« Sein amerikanischer Akzent klang wirklich überzeugend.

»Die Berliner Polizei ermittelt gerade in einem Entführungsfall. Die Töchter des österreichischen Botschafters sind verschwunden – gekidnappt«, sagte Trettoff.

»Oh my goodness!«, rief Vanitus. »Kidnapping? Ik habe selbst Kinder …«

»Ich weiß, ich weiß. Aber machen Sie sich keine Sorgen. Wir haben alles im Griff. Es besteht kein Grund zur Beunruhigung.«

Otto hätte fast gelacht.

»Oh dear. Ik bin ganz aufgeregt. Was ist mit die liebe kleine Kinderchen von der Botschafter? Haben Sie gefunden sie schon? Sind sie etwa …«

»Nein, nein.« Trettoff räusperte sich. »Ich kümmere mich um die Angelegenheit, weil sie von größter Dringlichkeit ist. Wir möchten von Ihnen wissen, ob Sie in den letzten Tagen irgendetwas Auffälliges beobachtet haben. Sind Ihnen verdächtige Personen aufgefallen oder …?«

»Nothing, I'm sorry«, sagte Vanitus. »Ik war funf Tage lang auf Reisen und komme gerade wieder suruck.«

»Und wer hat solange hier gewohnt?«

»Excuse me?«, fragte Vanitus. »Ik verstehe nikt?«

»Wer war hier im Haus, während Sie unterwegs waren?«

»Nobody. Es war leer.«

»Es wurden aber Kinder beobachtet, die im Garten spielten. Und aus dem Kamin kam Rauch.«

Vanitus schlug die Hand vor den Mund. »Oh no! Das mussen Einbrecher gewesen sein! Ik muss schnell nachgucken, ob alles ist in Ordnung.«

»Tun Sie das. Und geben Sie mir umgehend Bescheid, wenn etwas fehlt. Sämtliche Einbruchsspuren müssen von uns gesichert werden. Rufen Sie mich an.« Der Hauptkommissar drückte Vanitus eine Karte in die Hand. »Jederzeit.«

»Das ist gut, that's very good«, säuselte Vanitus.

»Dann lasse ich Sie jetzt allein. Sie melden sich bei mir, Mister Shuffleburger?«

»Yes, naturlik.«

Trettoff machte sich wieder auf den Weg zur Tür. Aber dann blieb er noch einmal stehen. »Ihr Mädchen, Herr Shuffleburger.«

»Mein … what?«

»Ihr Dienstmädchen, das mir gerade die Tür geöffnet hat. Sie kam mir so bekannt vor. Haben Sie sie schon lange?«

»What? Oh yes! Schon siemlich lange!«

»Wie heißt die Kleine denn?«, fragte Trettoff lauernd.

»L … ola«, sagte Vanitus. »Ein tuktiges Mädchen.«

»Na dann, herzlichen Glückwunsch. Gute Dienstboten sind heutzutage Mangelware.«

Otto atmete auf, als die Tür hinter Trettoff ins Schloss fiel. Dann hörte er hinter sich ein Zischen und fuhr herum. Aber da stand niemand.

»Ssschzwaaainsssschschmäzzzz.« Das Geräusch kam von weiter oben. Sein Blick schoss zur Decke. Die Schlangenfrau baumelte von der Deckenlampe, die dunklen Augen auf Otto gerichtet.

»T-t-tu mir nichts.« Er wich zurück, bis er hinter sich das Treppengeländer spürte.

»Schssssnatussszz.«

Was wollte das Wesen ihm mitteilen? Vielleicht, dass sie ihn zum Abendessen verspeisen würde? Otto wäre am liebsten noch weiter zurückgewichen, aber dann wäre er über das Geländer gestürzt. Stattdessen machte er einen schnellen Ausfallschritt nach rechts und rettete sich auf die Treppe.

»Sssssobeeeeeennnnzzz«, hörte er Ana noch zischeln, aber er drehte sich nicht mehr zu ihr um.

Paule warf den Brief zurück auf den Schreibtisch. In einem mächtigen Satz sprang er zum Fenster und schlüpfte hinter den dicken Damastvorhang. Keine Sekunde zu früh, denn jemand drückte die Tür auf. Er hörte, wie sich die Person mit schlurfenden Schritten zum Schreibtisch bewegte, den Stuhl zurückzog, sich setzte. Paule linste mit einem Auge hinter dem Vorhang hervor.

Der Botschafter war nur wenige Meter von ihm entfernt. Glücklicherweise hielt er den Kopf über ein Blatt Papier gesenkt, sodass er Paule nicht bemerkte. Eine Weile lang kratzte seine Feder über das Papier. Das war also der Vater der süßen Olympia. Der Mann, der seinen Töchtern nicht das kleinste bisschen Freiheit gönnte. Paule erinnerte sich an Olympias Tränen nach der Schneeballschlacht und spürte heiße Wut in sich hochsteigen. So eine Gemeinheit!

Dann schrillte das Telefon.

»Hallo?« Der Botschafter nahm den Hörer von der Gabel. »Wer ist denn da?« Nun wurde seine Stimme weich und süß wie Buttercreme. »Ach, du bist es, mein Herzblatt.«

Einen Moment lang lauschte er in den Hörer.

»Nein, das tut mir leid, Süße, aber das ist ganz und gar unmöglich. Ich kann heute Abend nicht ins Theater. Von den Kindern fehlt immer noch jede Spur … Nun werd doch nicht gleich böse, mein Engel, hör mir doch einmal zu …«

Aber der Engel am anderen Ende wurde sehr wohl böse und wollte auch nicht zuhören. Gina Ginellis Stimme tönte so laut durch den Hörer, dass sogar Paule hinter dem Vorhang jedes Wort verstand.

»Das kann nicht dein Ernst sein!«, kreischte sie. »Ich bin doch kein Backfisch, den man einfach so versetzen kann. Ich warne dich, Hubertus, wenn du mich nicht pünktlich um sieben im Hotel abholst, dann werde ich …«

Aber leider erfuhr Paule nicht mehr, was Gina Ginelli mit dem Botschafter machen wollte, falls er sich verspätete. Denn nun ging die Tür erneut auf, und zwar so schwungvoll, dass sie gegen die Wand knallte. »Ich muss Schluss machen«, flüsterte der Botschafter und legte auf.

»Mit wem hast du telefoniert?«, gellte eine Frauenstimme.

»Ich … äh … das war der Minister für …«

»Der *Minister*?«, kreischte die Frau so laut, dass Paule sich erschrocken die Ohren zuhielt. »Willst du mich für dumm verkaufen? Das war doch wieder diese Ginelli, ich bin doch nicht blöd.«

Wieder blinzelte Paule hinter dem Vorhang hervor.

Frau Prockauer-Waldenfels stand direkt neben dem Schreibtisch, eine schöne, große Frau, die ihr pechschwarzes Haar zu einer spitzen Pyramide aufgetürmt hatte. Während ihre dunklen Augen Funken sprühten, kauerte der Botschafter vor ihr wie ein ängstlicher Schuljunge vor seiner erzürnten Lehrerin. Schweißtropfen rannen über seine Stirn.

»Deine Kinder wurden entführt und du denkst an dieses

Luder! Ich sage dir eines, Hubertus, wenn du dieser Person nicht augenblicklich den Laufpass gibst, dann reiche ich die Scheidung ein und gehe mit Olympia und Sylvestra und meinem Vermögen zurück nach Wien.«

»Aber Liebste, nun hör mir doch einmal zu …«

Aber Frau Prockauer-Waldenfels wollte genauso wenig zuhören wie die Ginelli. Sie zeterte und tobte.

Paule starrte verlegen nach unten und bemerkte bei dieser Gelegenheit, dass der Vorhang nicht ganz bis zum Boden reichte und seine Füße darunter hervorragten. Aber das fiel dem Botschafter und seiner Frau gar nicht auf. Frau Prockauer-Waldenfels war viel zu sehr mit ihrer Eifersuchtsszene beschäftigt und ihr Mann hatte sein Gesicht in seinen Händen vergraben und stöhnte leise.

»Ach, was soll's.« Genauso schnell, wie sich die Frau des Botschafters in Rage geredet hatte, beruhigte sie sich auch wieder. »Ich weiß gar nicht, warum ich mich immer wieder aufrege. Ich wollte dir eigentlich nur mitteilen, dass dieser Kommissar Trettoff eben angekommen ist. Er sitzt im Salon und isst Kuchen.«

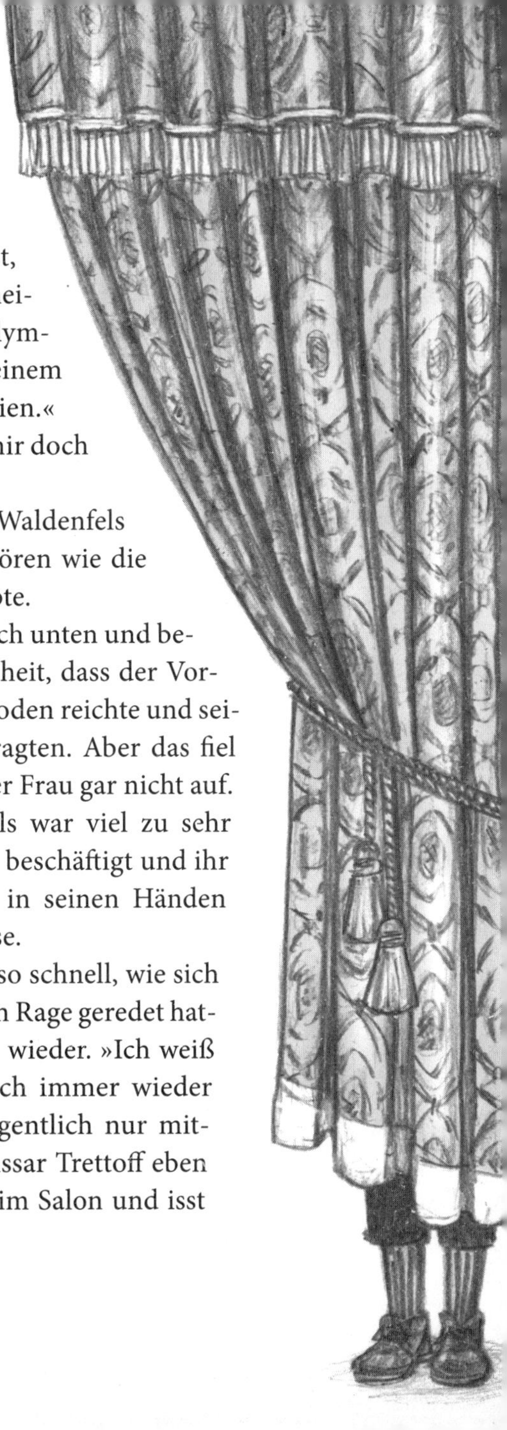

»Hat er neue Erkenntnisse?«

»Nein. Aber mächtigen Appetit.« Frau Prockauer-Waldenfels seufzte. »Kommst du? Oder hast du einen Termin mit deinem … Minister?«

Paule schloss die Augen und wartete darauf, dass das Geschrei wieder losging, aber die Frau schnaubte nur verächtlich.

»Nein, nein. Ich komme gleich zu euch in den Salon …«

»Aber beeil dich.«

Die Tür knallte. Der Botschafter war wieder allein – abgesehen von Paule natürlich. Paule hörte, wie Prockauer-Waldenfels etwas auf ein Blatt Papier kritzelte und das Blatt in einen Umschlag steckte. Dann verließ er ebenfalls den Raum.

»Det wurde aba auch Zeit«, murmelte Paule, während er sich von dem Vorhang befreite. Wahrscheinlich hatte Sauertopf Johann seine Abwesenheit längst bemerkt und tobte vor Wut. »Jetz aba fix.« In großen Sprüngen eilte er zur Tür, riss sie auf – und prallte gegen Herrn Prockauer-Waldenfels.

Otto rannte die Treppe hinunter ins Erdgeschoss. Die letzten vier Stufen nahm er in einem einzigen Satz, so eilig hatte er es, der Schlangenfrau zu entkommen.

»So ein Mist!«, schimpfte Klara, die soeben wieder aus der Küche kam. »Was macht denn Trettoff hier? Ein Glück, dass er dich nicht gesehen hat, Otto!«

»Aber Lina hat er gesehen«, sagte Otto. »Im ersten Moment hat er sie nicht wiedererkannt, aber vielleicht kommt das noch.«

»Na und?«, sagte Lina. »Er kann mich nicht verhaften. Ich hab doch nichts getan.«

»Er wird dich einsperren, damit ich mich stelle«, meinte Otto.

Dann machte er einen Satz zur Seite.

»Sssschnawasssibschschsch.« Die Schlangenfrau hatte sich ebenfalls ins Erdgeschoss gewunden und stand direkt neben ihm. Sie zischelte Vanitus etwas zu.

»Das ist jetzt nicht so wichtig, Ana«, entgegnete dieser. »Otto hat recht. Wir müssen uns beeilen. Dieser dicke Kommissar gefällt mir ganz und gar nicht. Ana, du machst dich jetzt auf den Weg in die Nachbarsvilla. Durch den Garten ins nächste Haus. Such das Zimmer des Botschafters und sieh dich gründlich um. In einer Stunde bist du wieder hier. Bis dahin musst du aufpassen, dass dich keiner entdeckt.« Er klatschte in die Hände. »Worauf wartest du noch? Ab mit dir!«

Die Schlangenfrau wiegte den Kopf hin und her. »Sssanssissobendasss!«

Während sie redete, fiel Ottos Blick auf Lina, deren Lippen sich lautlos bewegten, als versuchte sie, die Worte der Schlangenfrau nachzusprechen.

»Du meine Güte, Ana! Nicht jetzt.« Vanitus' Stimme klang auf einmal deutlich schärfer. »Wie oft soll ich es denn noch wiederholen?«

Ana Conda zuckte zusammen, als habe er sie geschlagen. »Ab mit dir!«, befahl Vanitus. Diesmal gehorchte sie auf der Stelle. Sie huschte zur Tür und verschwand.

»Manchmal muss man ein bisschen streng mit ihr sein, sonst verliert sie den Respekt und macht, was sie will«, erklärte Vanitus, nachdem er den Koffer zugeklappt hatte. Er lächelte jetzt wieder so sonnig und freundlich, als hätte er nie die Stimme erhoben.

Sie ist eben doch nicht so harmlos, wie du immer sagst, dachte Otto schaudernd. Er fragte sich, was die Schlangenfrau wohl von Vanitus gewollt hatte. Vielleicht hatte sie ihn gefragt, ob sie Otto verschlingen dürfte. Ob sie wohl Giftzähne besaß wie eine echte Anakonda? Hatte eine Anakonda überhaupt Giftzähne? Er musste Lina bei Gelegenheit unbedingt danach fragen.

»Sollen wir wirklich noch eine Stunde hierbleiben?«, fragte er. »Ist das nicht zu gefährlich?«

»Ich bleibe hier und warte auf Ana«, sagte Vanitus. »Ihr bringt euch in Sicherheit. Wenn der dicke Kommissar noch einmal auftaucht, werde ich ihn einfach abwimmeln.«

»Sind Sie sicher?«, fragte Lina. »Trettoff ist nicht von gestern …«

»Das bin ich auch nicht.« Vanitus zwinkerte ihr zu. »Macht euch keine Sorgen. Lauft zum nächsten Droschkenstand und bestellt einen Wagen, der mich und Ana in einer Stunde hier abholt. Und besucht mich morgen in der ›Katze‹, dann erzähle ich euch, was Ana herausgefunden hat.«

»Das ist wirklich sehr nett von Ihnen.« Otto zögerte einen Moment lang, bevor er fortfuhr. »Warum helfen Sie uns? Sie kennen uns doch gar nicht.«

Die Miene des Schlangenbeschwörers verdüsterte sich plötzlich. Er seufzte tief, während er den Kopf abwandte.

»Was ist denn jetzt los?«, fragte Otto betreten. »Hab ich was Falsches gesagt?«

»Nein, nein.« Nun sah ihn Vanitus wieder an. Er versuchte ein Lächeln, das ihm aber nicht richtig gelang. »Es ist nur … »Wieder unterbrach er sich.

»Was?«, fragte Klara.

»Lina.« Vanitus schloss die Augen und massierte seine Schläfen, als hätte er plötzlich Kopfschmerzen.

»Lina?«, fragte Klara. »Was ist mit Lina?«

»Sie erinnert mich an ein anderes Mädchen«, sagte Vanitus leise. »Ein Mädchen, das genauso rothaarig und lustig und klug war wie sie.«

»Und wer soll das sein?«, fragte Klara.

Wieder ein Seufzer, noch tiefer als der erste. »Mein Töchterchen. Mirabelle hieß sie.«

»Ist sie …?« Otto wagte nicht, die Frage zu vollenden.

Der Schlangenbeschwörer nickte. Dann wischte er sich verstohlen über die Augen.

»Was ist mit Mirabelle geschehen?«, flüsterte Klara.

Vanitus schüttelte den Kopf. »Ich möchte nicht darüber reden«, sagte er mit trauriger Stimme.

»Tut mir leid«, flüsterte Lina. Dabei hatte sie doch gar nichts getan.

Genau vor dem Tor der Villa parkte Trettoffs großer, schwarzer Wagen, der im Volksmund nur »das Mordauto« genannt wurde. An der Fahrertür lehnte Wachtmeister Eltinger und bohrte in der Nase. Er war so in seine Beschäftigung vertieft, dass er gar nicht bemerkte, wie sich die drei Schatten hinter seinem Rücken wegschlichen.

»Dieser Trottel«, sagte Klara.

»Der merkt auch gar nichts«, meinte Lina.

Hinter der nächsten Ecke rieb Otto seine Hände. »Puh, ist das kalt. Ich will nach Hause.«

»Zuerst müssen wir einen Droschkenstand finden«, erinnerte ihn Lina.

Nachdem sie eine halbe Stunde kreuz und quer durch Charlottenburg gelaufen waren, hatten sie immer noch kein Taxi entdeckt.

»Wenn wir so weitermachen, sind wir bald wieder zu Hause«, stöhnte Klara. »Und zwar zu Fuß.«

»Vielleicht versuchen wir es mal am Schloss«, sagte Lina.

»Wo geht's denn hier zum Schloss?«, fragte Otto.

»Na, da lang!«, riefen Klara und Lina im Chor. Dabei zeigte Klara nach links und Lina nach rechts.

»Ich wäre eher geradeaus gegangen.« Otto kratzte sich ratlos unter der Mütze.

»Wir trennen uns«, beschloss Klara. »Jeder von uns geht fünf Straßen weiter, wer zuerst eine Droschke findet, schickt sie zur Villa.«

»Und wenn jeder von uns eine entdeckt?«, fragte Lina.

»Kommen eben drei Wagen an. Dann sollen sich die Fahrer die Köpfe einschlagen.«

Otto ging geradeaus und merkte schon nach kurzer Zeit, dass er keinen Erfolg haben würde. Obwohl es inzwischen fast dunkel war, war nicht zu übersehen, dass die Häuser zu beiden Seiten der Straße immer kleiner und armseliger wurden. In einem Schuppen hörte er Schweine grunzen, daneben gackerten Hühner. Hier wohnten keine Botschafter und Fabrikanten mehr, sondern Handwerker oder Tagelöhner. Und deshalb würde er in dieser Gegend auch keinen Droschkenstand finden. Nur die Reichen fuhren Taxi, die armen Leute gingen zu Fuß.

Er ging trotzdem wie verabredet bis zur fünften Kreuzung und machte wieder kehrt. Die Gegend war ihm unheimlich, und unwillkürlich beschleunigte er seine Schritte. Es gab auch keine Gaslaternen mehr, in der Dunkelheit konnte man kaum die eigene Hand vor Augen erkennen.

Ich muss aufpassen, dass ich mich nicht in einer der Gassen verirre, dachte Otto und rannte jetzt fast. Aber dann blieb er abrupt stehen. Aus einer windschiefen Bruchbude auf der linken Seite der Straße drang lautes Gebell. Jetzt öffnete sich knarrend die Tür der Hütte, eine alte Frau trat in den Garten. Sie trug ein Windlicht in der Rechten und der flackernde Kerzenschein verlieh ihrem faltigen Gesicht mit der spitzen Nase etwas Hexenähnliches.

Das Bellen hatte inzwischen eine ohrenbetäubende Lautstärke angenommen. Neben der alten Frau sprang ein Hund in den Garten und kläffte dabei wie von Sinnen. Als er Otto sah, setzte er in großen Sprüngen auf ihn zu.

Otto wollte instinktiv weglaufen. Er mochte keine Hunde. Sie erinnerten ihn allesamt an Caruso, den hässlichen Pinscher von Tante Elfi, der die Waisenhauskinder in die Waden gebissen hatte, sooft sich die Gelegenheit dazu bot.

Aber von diesem Hund ging keine Gefahr aus. Er wedelte fröhlich mit dem Schwanz. Und er kam auch nur bis zum Gartenzaun, hinter dem er japsend auf und ab sprang. Inzwischen hatte ihn die Alte erreicht und zerrte ihn am Halsband zurück. Dabei fiel der Schein des Windlichts auf das goldbraune Fell. Otto riss die Augen auf.

»Das kann ja wohl nicht wahr sein«, keuchte er.

13. KAPITEL,

in dem die Post abgeht

Lina hatte natürlich wieder einmal recht gehabt.

Rechts ging es zum Charlottenburger Schloss und direkt davor gab es auch einen Droschkenstand. Nur wenige Minuten, nachdem sie sich getrennt hatten, hörte Klara sie laut rufen und rannte zu ihr. Gemeinsam gingen sie zum Platz vor dem Schloss.

»Sollen wir noch auf Otto warten?«, fragte Klara, nachdem sie dem Fahrer die Adresse mitgeteilt hatten. Sie hüpfte von einem Bein auf das andere. Trotz der warmen Shuffleburger-Pelzstiefel waren ihre Füße Eisklötze.

»Lass uns lieber schon mal losgehen«, meinte Lina. »Otto ist doch viel schneller als wir. Auf dem Weg holt er uns bestimmt ein.« Ihre Lippen waren ganz blau, das sah man sogar im Licht der Gaslaternen.

Eine Weile stapften sie schweigend durch die Dunkelheit.

»Der arme Meister Vanitus«, flüsterte Lina schließlich. »Das mit seiner Tochter ist wirklich traurig. Woran sie wohl gestorben ist?«

»Vielleicht eine schlimme Krankheit. Ich kann gut verstehen, dass er nicht darüber reden will.«

»Ob er eine Frau hat?«

»Vermutlich nicht. Sonst würde er doch nicht mit dieser scheußlichen Ana Conda durch die Welt ziehen. Der Mann kann einem wirklich leidtun.«

»Sansissobendass«, murmelte Lina.

»Bitte was?«

»Ich frag mich, was das heißt.«

»Hast du dir etwa gemerkt, was diese Schlangenfrau gesagt hat?«, fragte Klara fassungslos.

»*Sans* heißt Mädchen oder Frau«, sagte Lina. »Glaub ich jedenfalls.«

»Vielleicht hat sie von mir gesprochen.« Klara schauderte. »Oder sie meinte dich.«

Lina nickte, aber Klara hatte den Eindruck, dass sie ihr gar nicht richtig zugehört hatte. »Bin gespannt, ob diese Schlangenfrau irgendwas rauskriegt«, meinte Klara. »Ist ja gruselig, wenn man sich vorstellt, wie sie jetzt durch das Haus des Botschafters kriecht.«

Plötzlich knarzten hinter ihnen schnelle Schritte im Schnee. Eine kleine Gestalt huschte an ihnen vorbei und stellte sich ihnen in den Weg.

»Ick kriech die Motten! Wat macht ihr denn hier?«

»Paule!« Klaras Stimme war viel zu laut. Erschrocken schlug sie sich die Hand vor den Mund. »Wir sind auf dem Heimweg. Und du?«

»Ick auch. Feierabend. Und zwar jründlich.« Paule riss sich die Perücke mit den blonden Zöpfen vom Kopf und stopfte sie in seine Schürzentasche.

»Haben Sie dich gefeuert?«, fragte Klara. »Hab ich mir doch gleich gedacht, dass du nicht lange durchhältst.«

»Hör bloß uff. Dir hättense noch viel früher rausjeschmissen. Dieser Johann is ’ne echte Landplage. Ständig schleichter hinter eenem her wie ’n Jespenst und kiekt eenem uffe Griffel. Und meckert in eener Tour. Ick hatte jar keene Zeit zum Spionieren, vor lauter Putzerei.«

»Das heißt: Du hast nichts rausgefunden.«

»Hab ick det jesagt?«

»Nun erzähl schon, Paule«, rief Lina. »Hast du oder hast du nicht?«

»Erst seid ihr anne Reihe. Warum treibt ’n ihr euch hier rum?«

Sie erzählten ihm von Meister Vanitus, der Schlangenfrau und von ihrem Zusammentreffen mit Trettoff. »Ana Conda muss jetzt in der Villa des Botschafters sein«, sagte Klara. »Hast du sie nicht gesehen?«

»Jott sei Dank nich. Ick wär vamutlich vor Schreck hopps jejangen.« Paule blies die Backen auf. »Wär auch jar nich nötich jewesen, det ihr die Schlange losschickt. Ick hab den Fall nämlich schon fast jelöst.«

»Was hast du rausgefunden? Erzähl schon!«

»Erst mal hab ick den Brauacker-Walmershof beim Telefonieren mit der Ginelli belauscht. Dann kam seine Olle rinn und die beeden ham sich jestritten. Und als se damit fertich waren, isset passiert.«

»Was?«

»Der Entführer is wieder in Aktion jetreten«, erklärte Paule in dramatischem Flüsterton und blieb stehen. »Der Vorjang is mir absolut unbejreiflich. Aba ick erzähl am besten mal der Reihe nach.«

»Das ist doch mal ein vernünftiger Vorschlag«, fand Klara.

»Ick war ja in dem Studierzimmer von Protzinger-Blaufinger, wie schon jesacht. Und wie ick da wieder rauskomme, da stoß ick direktemang mit ihm zusammen. Ick konnte ja nich ahnen, det der so lange im Flur rumsteht. Aber der Brackinger-Frotzheimer merkt zum Glück jar nich, det ick aus seinem Zimmer jekommen bin. Er kiekt mir nur an und sagt: Du kannst wat für mir erledijen, Kindchen. Und drückt mir eenen Brief inne Hand.«

»Einen Brief?«, fragte Klara. »Wo ist der?«

»Hier«, sagte Paule stolz und zog einen Umschlag aus der Schürzentasche. »Den soll ick bestellen.«

»Wem?«

»Dem Fisch. Ick soll ihn in der ›Roten Laterne‹ abjeben.«

»Was, wirklich?«, rief Lina. »Du hast einen Brief für den Fisch? Ja und? Was steht da drin?«

»Det weeß ick doch nich. Is zujeklebt. Un außerdem is dit doch jeheim.«

Klara und Lina stöhnten gleichzeitig. »Das ist doch nicht dein Ernst, Paule.«

»Natürlich nich.« Paule grinste. »Hab nur noch keene Zeit jefunden rinzukieken.«

»Außerdem kannst du nicht lesen«, erinnerte ihn Lina.

»Dit kommt auch noch dazu.«

»Worauf wartest du noch?«, fragte Klara. »Los, mach den Umschlag auf!«

»Eenen Aujenblick noch. Meene Jeschichte ist ja noch nich am Ende. Nu passiert doch noch dit Beste.

Als nämlich der Brotkorb-Schnitzelmann weg is, lauf ick dummerweise dem Sauertopf inne Arme. Also Johann, dem Diener. Der will von mir wissen, wo ick mir so lange rumjetrieben hab, und ick sach, det ick dit Studierzimmer jeputzt hab, und er sacht, wat ick mir eenbilde, det ick eenfach so ohne Erlaubnis in dit Zimmer vom Botschafter marschiere, und ick sach …«

»Paule«, unterbrach ihn Klara drohend. »Wenn du nicht augenblicklich auf den Punkt kommst, werf ich dich in den Schnee und seif dich so lange ein, bis du lila bist.«

»Is ja schon jut«, wehrte Paule beleidigt ab. »Wir stehen also im Flur und der Sauertopf stänkert 'ne Weile rum, und denn kiekt er uff dit Büffet vorm Spiejel und sacht: Wat is 'n dit?«

»Was ist was?«, fragte Lina.

»Da liecht 'n Zettel«, erklärte Paul. »Und dit Komische is, als ick in det Studierzimmer rin bin, da war der noch nich da. Dit weeß ick janz jenau, weil ick nämlich über dit Büffet drüberjewischt habe. Und der Sauertopf nimmt meen Staubtuch und packt den Zettel janz, janz vorsichtig an, von wejen die Fingerabdrücke, un trägt ihn in den Salon, da sitzt die Gnädigste mit dem Trettoff.«

»Was stand auf dem Zettel? Und woher weißt du, dass er wirklich von dem Entführer kam?«

»Dit hat mir Johanns Jesicht verraten. Der wurde janz bleich, als er die Nachricht jelesen hat. Aber leider hat er nich verraten, wat druffstand.«

»Wie kam denn eigentlich der Zettel auf das Büffet?«, murmelte Lina.

»Dit is doch klar wie dicke Tinte«, rief Paule. »Der Brockelbach-Brickelmann hat ihn da hinjelecht.«

»Aber dadurch lenkt er den Verdacht doch sofort auf sich selbst«, wandte Klara ein. »So blöd kann er doch gar nicht sein.«

»Hm.« Paule verzog das Gesicht.

»Und du hast wirklich keine Ahnung, was auf dem Zettel stand?«, fragte Lina. »Warum hast du nicht an der Tür zum Salon gelauscht?«

»Hab ick doch. Aber der Sauertopf hatte mir ja bereits uffm Kieker und hat mir erwischt. Und dann hießet Abschied nehmen.« Paule grinste. »Mir hat's jereicht. Wennde willst, kannste dir morjen ja wieder vorstellen, Klara. Die nehmen dir bestimmt mit Kusshand.«

»Nachdem du alles vermasselt hast, soll ich es wieder rausreißen?« Klara zog eine Grimasse. »Nee, danke.«

»Rück mal den Brief raus, den der Botschafter dir gegeben hat«, meinte Lina. »Ich will jetzt wissen, was da drinsteht.«

Im Lichtkegel einer Gaslaterne riss sie den Umschlag auf.

»Dienstag, 12 Uhr Mittag, in der ›Roten Laterne‹. P-W.«

»Dienstag. Dit is morjen«, sagte Paule. »Aber inner ›Roten Laterne‹ kann ick mir nich mehr blicken lassen. Un Otto auch nich.«

Lina steckte den Brief zurück in den Umschlag. »Keiner von uns geht in die ›Rote Laterne‹. Viel zu gefährlich. Ich habe eine bessere Idee. Ich schreibe einen neuen Brief an den Fisch. Und dann noch eine Antwort an den Botschafter. Wir bestellen die beiden an einen Ort, an dem wir uns besser auskennen als sie.«

»Ins Bandenvasteck? Oder inne ›Schwarze Katze‹?«

Lina schüttelte den Kopf. »Wir schicken sie in die ›Grüne Minna‹ zu Muttchen Pieper.«

»Tolle Idee«, jubelte Klara. »Aber vorher muss Muttchen eine neue Aushilfskellnerin einstellen. Und damit meine ich mich, Paule, nur damit das klar ist. Ich serviere den Herren das Essen und erfahre ganz nebenbei alles, was wir wissen müssen. Paule hat recht: Der Fall ist so gut wie gelöst.«

14. KAPITEL,

in dem Otto auf den Hund kommt

Otto stand immer noch wie angewurzelt auf der Straße und starrte in den Garten der Alten. Der Hund, den sie am Halsband festhielt, überschlug sich fast vor Aufregung. Der buschige Schwanz, das dicke goldbraune Fell und der bullige Kopf, wie von einem kleinen Löwen. Kein Zweifel, das war Konfuzius, der Chow-Chow von Olympia und Sylvestra.

»Aus!«, krächzte die Alte. »Ruhe! Verflixt noch mal, du Töle! Kannst du nicht hören?«

Nein, das konnte der Hund offensichtlich nicht. Oder er wollte es nicht. Jetzt riss er sich einfach los und hopste am Zaun entlang. Ganz offensichtlich suchte er nach einem Loch, durch das er nach draußen zu Otto schlüpfen konnte.

»Komm her, komm auf der Stelle zu mir!«, keifte die Frau.

»Ist das Konfuzius?«, fragte Otto, aber seine Stimme ging in dem aufgeregten Gebell unter.

Die Alte rang die Hände. »Sei doch still!«, jammerte sie. »Die Nachbarn!«

Wie auf ein Stichwort sprang nebenan die Haustür auf. Eine kräftige Frau baute sich auf der Schwelle auf, die Arme in die Hüften gestützt. »Geht das schon wieder los, Else? Ich hab's dir gestern schon gesagt und sag's dir jetzt zum allerletzten Mal: Entweder dein Köter hält die Klappe – oder ich besorg mir ein Gewehr und erschieß ihn, verlass dich drauf. Diese Kläfferei ist nicht auszuhalten!«

Die alte Frau hob ihre Hände zum Himmel und erwiderte etwas, das Otto genauso wenig verstand wie die Nachbarin. Der Chow-Chow bellte wie von Sinnen. »Aus!«, schrie die Nachbarsfrau mit greller Stimme. »Sitz!«

Nun öffnete sich ein Fenster auf der anderen Straßenseite. Ein glatzköpfiger Mann beugte sich heraus. »Kann man nicht mal am Feierabend seine Ruhe haben?«

»WROWROWWUAAAWRAFFWRAFFWAROUUU!«

Konfuzius wurde immer lauter. Wenn es wirklich Konfuzius ist und nicht irgendein anderer chinesischer Hund, der ihm nur ähnlich sieht, dachte Otto.

»Schnauze!«, schrie der Glatzkopf.

»Pingpong!«, sagte Otto.

Sofort klappte der Hund das Maul zu. Er legte den Kopf schief und sah Otto an.

»Na siehste!«, brüllte der Glatzkopf. »Wenn man richtig mit ihnen spricht, kapieren die Köter es auch.« Er knallte sein Fenster wieder zu.

»Ist das Konfuzius?«, fragte Otto die Alte noch einmal.

Sie nickte, ohne den Blick von dem Chow-Chow zu heben. »Warum ist er auf einmal still?«

»Er versteht nur Chinesisch«, sagte Otto.

»Chinesisch?« Die Frau kniff die Augen zusammen.

»Der Hund gehört doch ins Irrenhaus!«, erklärte ihre Nachbarin, dann zog sie sich ebenfalls zurück. »Und du auch, Else.«

»Woher haben Sie das Tier?«, fragte Otto. Als er das Tor öffnete und in den verschneiten Garten trat, bellte Konfuzius sofort wieder los und stürmte schwanzwedelnd auf ihn zu. »Pingpong«, sagte Otto. »Tangram.«

Es funktionierte. Augenblicklich war der Hund still und ließ sich auf sein Hinterteil plumpsen, aber weil er so viel Schwung hatte, rutschte er über den Schnee auf Otto zu. Unmittelbar vor ihm kam er zum Halten und leckte aufgeregt seine Hände.

»Is mir zugelaufen.« Die Alte verschränkte die Arme vor der Brust und starrte Otto misstrauisch an.

»Wie meinen Sie das – zugelaufen?«

»Ich hab ihn jedenfalls nicht geklaut, wenn du das meinst.«

»Der Hund gehört dem österreichischen Botschafter«, erklärte Otto. »Herrn Prockauer-Waldenfels.«

Die alte Frau verzog das Gesicht, schmatzte verächtlich und schwieg.

»Haben Sie den Namen schon mal gehört?«, fragte Otto.

Keine Antwort. Die Frau musterte ihn nur schweigend. Otto merkte, wie er langsam wütend wurde. Wenn die Polizei nicht nach ihm suchen würde, wäre er schnurstracks zu Trettoff marschiert und hätte die alte Hexe angezeigt. Ob man für Hundeentführung ebenfalls ins Gefängnis kam?

»Die beiden Töchter des Botschafters sind entführt worden«, fuhr er fort. »Und wenn Sie nicht …« Weiter kam er nicht.

Die alte Frau riss die Augen so weit auf, dass sie ihr fast aus dem Gesicht kullerten. »Was sagst du?«, ächzte sie. »Man hat Olympia und Sylvestra entführt? Das ist nicht möglich …«

»Sie kennen die beiden also? Was haben Sie mit der Sache zu tun?«

»Nichts.« Die Alte hob abwehrend beide Hände. »Ich schwöre, dass ich nichts davon gewusst habe. Ich könnte den beiden Herzchen doch nie und nimmer etwas zuleide tun. Wann ist das geschehen?«

»Die Mädchen sind vorgestern Abend verschwunden. Seitdem fehlt jede Spur von ihnen.«

»Ach du liebe Zeit. Ach du meine Güte«, jammerte die Frau.

»Sie müssen doch mitbekommen haben, dass die beiden entführt worden sind«, sagte Otto. »Die Zeitungen sind voll davon. Überall hängen Fahndungsplakate.« Mit meinem Gesicht drauf, fügte er in Gedanken hinzu.

»Zeitungen?« Die Frau schüttelte den Kopf. »Kann ich mir nicht leisten. Und seit der Hund hier ist, komme ich kaum mehr aus dem Haus. Und die Nachbarn reden nicht mehr mit mir. Und wer bist du überhaupt?«

Otto zögerte einen Moment lang. »Ein Freund«, sagte er dann ausweichend. »Ich war zufällig in der Nähe, als Olympia und Sylvestra entführt wurden. Und nun suche ich nach ihnen.«

Die Frau betrachtete ihn mit zusammengekniffenen Augen. Dann nickte sie. »Ein Freund von Olympia und Sylvestra ist auch mein Freund«, sagte sie dann. »Komm rein.«

• • •

Das Haus war winzig. Ein Ohrensessel, ein Tisch mit einem Stuhl, an der Wand ein Bett, ein wurmstichiger Schrank – das war das ganze Mobiliar. An der Decke flackerte eine Petroleumlampe, darunter bollerte ein kleiner Ofen, auf dem ein Wasserkessel stand.

»Setz dich«, sagte die Alte und wies auf den Ohrensessel, dem zwei Beine fehlten. Damit er nicht umkippte, hatte die Frau Ziegelsteine unter den Sitz geschoben. Während die Alte zum Ofen humpelte und das kochende Wasser in eine zersprungene Kanne goss, in die sie ein paar Teeblätter warf, zog sich Otto den Stuhl heran. Konfuzius ließ sich zu seinen Füßen nieder.

»Bin froh, dass der Hund endlich still ist«, murmelte die Alte. »War ja nicht auszuhalten, das Gebell.«

»Woher kennen Sie die Prockauer-Zwillinge?«, fragte Otto.

Die Frau ließ sich nicht aus der Ruhe bringen. Sie nahm in aller Seelenruhe zwei angeschlagene Tassen aus dem Regal, füllte sie mit Tee und reichte eine davon Otto. Mit der anderen setzte sie sich in den Sessel.

»Die beiden sind doch meine Kinderchen«, sagte sie und lächelte versonnen.

Otto verschüttete fast seinen Tee. »Ihre … was?« War die Alte verrückt? Vielleicht hätte er besser doch nicht mit ins Haus kommen sollen.

»Ich war ihr Kindermädchen. Ihre Else. Einen Tag, nachdem sie geboren wurden, hat der Botschafter mich eingestellt. Der gnädigen Frau ging es nach der Geburt so schlecht und die beiden Würmchen waren so winzig! Und glichen sich damals schon wie ein Ei dem anderen. Die Einzige, die sie auseinan-

derhalten konnte, war ich.« Sie schlürfte einen Schluck Tee aus ihrer Tasse. »Ich hab sie gefüttert und gewickelt und mit ihnen gespielt. Und hab ihnen Märchen erzählt, und wenn sie nachts nicht schlafen konnten, hab ich ihnen Lieder vorgesungen. Ich hab sie geliebt wie ihre eigene Mutter, ach was, viel mehr als ihre Mutter, die hat doch nur ihre Opernbälle und Trinkkuren im Sinn. Und der Herr Botschafter …« Sie schnaubte. Dann schüttelte sie traurig den Kopf. »Das ist jetzt alles vorbei.«

»Was ist geschehen?« Otto nahm einen Schluck aus seiner Tasse. Der Tee schmeckte bitter, aber die heiße Flüssigkeit tat gut.

»Dieser Johann«, murmelte Else. »Er hatte mich von Anfang an auf dem Kieker. Konnte mich nicht leiden und hielt sich selbst für was Besseres. Er hat der Gnädigsten eingeredet, dass ich nicht fein genug bin für die Mädchen. Sie bräuchten eine Gouvernante, sagte er, die Französisch mit ihnen spricht und ihnen zeigt, wie man Spitzentaschentücher bestickt. Und keinen alten Trampel wie mich. Da hat die gnädige Frau mich rausgeworfen. Ein gutes Jahr ist das jetzt her. Zum Trost haben sie den Mädchen den Hund gekauft.« Sie wies mit dem Kinn auf Konfuzius, der erwartungsvoll mit dem Schwanz wedelte. »Aber die Gouvernante, die sie eingestellt haben, die wollten die beiden nicht, die haben sie sofort wieder rausgeekelt.« Sie lächelte zufrieden und nahm noch einen Schluck Tee.

»Ich verstehe aber immer noch nicht, warum Konfuzius nun bei Ihnen ist«, erklärte Otto.

Else hob den faltigen Kopf und blickte ihn verschwörerisch an. »Was ich dir jetzt sage, muss unter uns bleiben«, wisperte sie leise. »Versprichst du das?«

Er nickte hastig.

»Die beiden haben mich manchmal besucht. Ich weiß auch nicht, wie es ihnen gelungen ist, mein Haus zu finden. Aber eines Abends standen sie einfach vor der Tür. Sie kamen nicht oft, es durfte ja keiner etwas merken. Und ich hab sie auch nie dazu ermuntert.« Die Alte lächelte verschmitzt. »Aber gefreut hab ich mich doch, wenn sie kamen.«

»Und Konfuzius?«, fragte Otto.

»Am Montagabend haben sie ihn mir gebracht«, erzählte Else. »Sie waren ganz aufgeregt und durcheinander, ich hab kaum verstanden, was sie von mir wollten. Angeblich wollte ihr Vater ihnen den Hund abnehmen, und deshalb wollten sie ihn bei mir verstecken.«

»Am Montagabend war das?«, fragte Otto. Am Montagmorgen, bei ihrer Schneeballschlacht im Garten, hatten die Zwillinge davon kein Wort erwähnt. Vielleicht hat ihr Vater es ihnen erst am Nachmittag mitgeteilt, überlegte er. In ihrer Panik haben sie ihren Hund zu dem einzigen Menschen gebracht, dem sie vertrauen konnten.

»Montagabend«, nickte Else. »Vorgestern. Auf dem Rückweg zur Villa muss sie dann der Entführer geschnappt haben.« Sie stellte ihren Tee zur Seite und wischte sich mit dem Ärmel über die Augen. »Die armen Herzchen«, schluchzte sie. »Wo sie wohl sind? Wer tut denn so was?«

»Hm.« Otto nahm noch einen Schluck Tee. »Wieso wollte der Botschafter den beiden ihren Hund wegnehmen?«

»Das hab ich sie auch gefragt. Aber sie waren so durcheinander, man bekam kein klares Wort aus ihnen heraus. Sie trugen mir auf, dass ich nur nachts mit ihm aus dem Haus darf, damit die Nachbarn ihn nicht sehen. Aber der Hund bellte und bellte die ganze Zeit, es ließ sich nicht verheimlichen, dass er hier ist.«

Konfuzius wedelte mit dem Schwanz und hechelte zufrieden, als hätte er verstanden, dass Else über ihn sprach.

»Sie kennen die Prockauers doch«, sagte Otto nachdenklich. »Meinen Sie, jemand aus dem Haus könnte hinter der Entführung stecken?«

»Johann«, sagte Else sofort. »Dem trau ich alles zu. Er ist kalt wie Eis und geht über Leichen. Allerdings weiß ich nicht, warum er die Mädchen entführen sollte.«

»Um ein Lösegeld zu erpressen?«, schlug Otto vor.

»Geld bedeutet ihm nichts. Seine Stellung als erster Diener, die ist ihm wichtig. Und dass der Herr Botschafter ihm vertraut und die gnädige Frau ihm alle Entscheidungen überlässt. So kann er die Dienstboten schikanieren, wie es ihm passt.«

»Vielleicht haben Olympia und Sylvestra ja nicht nach seiner Pfeife getanzt?«, mutmaßte Otto. »Da hat er sie entführt, um sie zu bestrafen.«

Else zuckte mit den Schultern. »Mag sein. Er ist zu allem fähig.«

»Was ist mit dem Botschafter? Ich habe gehört, dass er eine Affäre mit Gina Ginelli hat.«

»Mit der Schauspielerin? Das wundert mich nicht. Er hat ständig Affären. Deshalb hat seine Frau immer Kopfschmerzen und fährt zur Kur.« Else wiegte nachdenklich den Kopf hin und her. »Wenn es so weitergeht, verlässt sie ihn bald. Die gnädige Frau kommt nämlich aus reichem Haus, und im Unterschied zum Botschafter verschleudert sie ihr Vermögen nicht, sondern hat es klug angelegt. Und er hat keinen Zugriff auf ihr Geld.«

Otto seufzte. Diese Geschichte passte hinten und vorne nicht zusammen. Je länger sie sich damit beschäftigten, desto verwirrender wurde der Fall. »Noch ein bisschen Tee?« Else hob ihre leere Tasse. »Ich hab leider keinen Kuchen. Nicht einmal Brot. Der Hund frisst mir die Haare vom Kopf. Wenn ich die Mädchen nicht so lieb hätte …« Sie unterbrach sich und stand auf, um die Teekanne zu holen.

»Nein, vielen Dank.« Otto erhob sich ebenfalls. Er war plötzlich wütend auf die beiden Botschafter-Töchter. Wenn sie dem alten Kindermädchen schon ihren Hund brachten, warum gaben sie ihr dann nicht genügend Geld für Futter? Sie mussten doch wissen, wie arm Else war. Aber vermutlich verschwendeten die verzogenen Gören keinen Gedanken an so was Selbstverständliches wie Essen. »Ich muss jetzt nach Hause.«

Er zögerte einen Moment lang. »Soll ich Konfuzius mitnehmen?« Der Chow-Chow sprang auf und bellte erfreut. Auch Else wirkte alles andere als traurig über die Vorstellung, den Hund loszuwerden.

»Geht das denn?«

»Er könnte mir bei der Suche nach den Zwillingen helfen.« Nützlicher als die Schlangenfrau wäre Konfuzius allemal – und bei Weitem nicht so gruselig, fügte er in Gedanken hinzu.

Else bewegte sich erstaunlich flink zum Tisch, auf dem eine Hundeleine lag. »Hier, bitte schön. Die Nachbarn werden jubeln. Und ich kann endlich mal wieder eine Nacht schlafen.« Dann verdüsterte sich ihre Miene wieder. »Obwohl ich jetzt wahrscheinlich vor lauter Sorge um die Mädchen keine Ruhe finde.«

»Die finden wir schon wieder«, versprach Otto. »Also, ich meine: die Mädchen. Und Sie Ihre Ruhe. Vielleicht hat die Polizei den Entführer ja schon erwischt und Olympia und Sylvestra sind bereits zu Hause.«

»Vielleicht.« Else klang zweifelnd, sie glaubte ihm nicht. Otto glaubte sich ja selbst nicht.

»Du bist wohl vollkommen verrückt, Otto«, schimpfte Klara. »Wieso bringst du den Hund hierher? Wenn die Polizei dich mit Konfuzius sieht, dann sind die doch endgültig überzeugt, dass du die Mädchen entführt hast.«

»Sind sie doch auch so schon«, maulte Otto. »Und Konfuzius kann uns vielleicht helfen, die Zwillinge zu finden.«

»Wie denn? Willst du mit ihm die Landsberger Allee rauf und runter gehen? Dabei erwischt dich entweder der Fisch oder Trettoff.«

»Ich geh mit Konfuzius spazieren«, sagte Lina.

»Du?«, riefen die anderen drei im Chor. »Das ist viel zu gefährlich.«

»Wieso? Der Fisch kennt mich nicht und Trettoff ist bestimmt nicht auf der Landsberger Allee unterwegs. Außerdem mag mich Konfuzius.«

Das war nicht abzustreiten. Als Otto den Chow-Chow in die alte Schreinerei gebracht hatte, war er schnurstracks auf Lina zugelaufen. Seitdem lag er zu ihren Füßen und ließ sie nicht aus den Augen.

»Also gut«, meinte Klara nach kurzem Überlegen. »Meinetwegen. Ein kleines Mädchen mit einem Hund, das ist wirklich nicht sehr verdächtig. Ich gehe inzwischen in die ›Schwarze Katze‹ und höre, was die Schlange herausgefunden hat.«

»Dit kannste dir auch sparen«, meinte Paule. »Wir wissen ja nu Bescheid. Der Botschafter und der Fisch ham dit Janze einjefädelt. Wahrscheinlich überjibt der Bockelmann-Waldschrat Freddy morjen die Kohle, und denn tauchen die Mädels – schwups – wieder uff, un allet is gut. Nur det Otto weiterhin als Täter jilt und sich vastecken muss, bisser 'n alter Mann is.«

»Das wird nicht geschehen, weil wir die beiden morgen überführen werden«, sagte Klara. »Vielleicht sollten wir Trettoff einweihen.«

»Aber wir haben bis jetzt keinen handfesten Beweis dafür, dass der Fisch wirklich hinter der Entführung steckt«, wandte Otto ein. »Könnte ja auch sein, dass sich die beiden einfach so zum Spaß treffen. Nein, nein, Trettoff bleibt erst mal aus dem Spiel. Der Fisch wird schon misstrauisch werden, wenn wir ihn mittags in die ›Grüne Minna‹ locken. Die Kneipe liegt doch genau gegenüber vom Polizeipräsidium, da wimmelt's nur so von Polente. Bestimmt wird er das Lokal beobachten, bevor er einen Fuß hineinsetzt. Und wenn er auch nur eine Spur von Trettoff entdeckt, dann taucht er gar nicht erst auf.«

»Hast du einen besseren Vorschlag?«, fragte Klara.

»Ich geh morgen noch mal zu Billy Barrakuda. Vielleicht kann der mir was über das Erpresserschreiben erzählen. Wir müssen wissen, wann die Lösegeldübergabe stattfinden soll. Und wer das Geld übergibt.«

»Vielleicht hat die Schlangenfrau das schon rausgefunden«, meinte Lina.

»Vielleicht. Aber doppelt genäht hält besser«, sagte Otto.

15. KAPITEL,

in dem Messer fliegen und Schüsse knallen

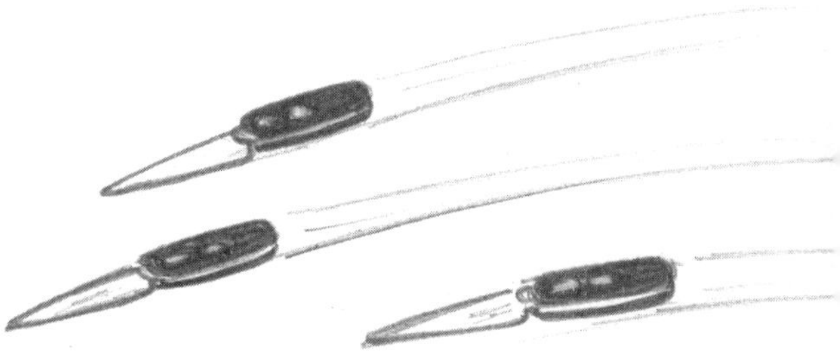

Klara hatte sich auf eine lange Wanderung durch die »Schwarze Katze« eingestellt, aber heute landete sie sofort nach dem Eintreten in der Manege, in der Lina und sie bei ihrem letzten Besuch Meister Vanitus kennengelernt hatten. Nur leider war der Schlangenbeschwörer nicht da.

Stattdessen probte ein Messerwerfer seine Nummer. Der Mann hatte seine Assistentin auf eine rotierende Scheibe gebunden und bewarf sie in atemberaubender Geschwindigkeit mit Fleischermessern, Hackebeilen, Degen und ähnlichen furchterregenden Gerätschaften. Klara blieb stumm hinter ihm stehen, weil sie ihn nicht ablenken wollte.

»Die Vorstellung beginnt heute Abend um acht Uhr«, erklärte der Artist nach einer Weile mit einer erstaunlich hellen

Stimme. »Aber wenn du noch länger hier rumstehst, musst du jetzt schon Eintritt zahlen.«

»Ich wollte Sie nicht stören!«, verteidigte Klara sich empört.

Nun drehte der Messerwerfer sich zu ihr um, wobei er einen letzten Dolch achtlos über den Kopf nach hinten warf. Die Spitze knallte ins Holz – oder vielleicht doch in den Körper der Assistentin? Die Scheibe drehte sich viel zu schnell, um das festzustellen.

»Warum bleibst du nicht draußen, wenn du nicht stören willst?«

Jetzt erkannte Klara, dass der Messerwerfer gar kein Mann war, sondern eine Frau. Allerdings war sie wie ein Mann gekleidet, sie trug einen schwarzen Anzug mit Fliege und spitze Lackschuhe und hatte ihr dunkles Haar mit viel Pomade aus der Stirn gestrichen.

»Ich suche Meister Vanitus«, sagte Klara.

»Kenn ich nicht.« Die Messerwerferin zog einen Brieföffner aus der Tasche, pikste damit gegen ihren Daumen, verzog das Gesicht und warf ihn dann ebenfalls über ihre Schulter. Flopp!, landete er im Holz der Scheibe. Sie klatschte in die Hände. »Das war's!«

Die Drehscheibe wurde langsamer und kam zum Stillstand. Zwischen den Messern und Dolchen, die aus dem Holz ragten, hing keine Assistentin, sondern ein junger Mann, der sich nun losband und zu Boden sprang. »Endlich!«, rief er erleichtert. »Na dann, bis heute Abend.« Er winkte und wollte zum Ausgang.

»Nichts da, hiergeblieben!«, pfiff die Messerwerferin ihn zurück. »Wir müssen noch die Nummer mit den brennenden Reifen durchgehen, die du gestern vermasselt hast.«

Der junge Mann verzog das Gesicht. »Können wir die nicht einfach weglassen?«

»Unsinn.« Die Frau ging zur Scheibe und zog die Messer aus dem Holz. »Nur weil dir ein paar Haare versengt wurden, geben wir doch nicht unsere beste Nummer auf. Ist noch was?«, wandte sie sich dann an Klara.

»Meister Vanitus«, sagte Klara. »Den müssen sie doch einfach kennen. Den berühmten Schlangenbeschwörer, die Attraktion der ›Schwarzen Katze‹.«

»Ich bin die Attraktion der ›Schwarzen Katze‹«, gab die Frau pikiert zurück. »Maggie the Knife – auch Maggie Messer genannt.«

»Vielleicht fragst du Madame Fatale«, sagte der junge Mann, dem sowohl die Wimpern als auch die Augenbrauen fehlten. Auch seine Ponyfransen waren verkokelt, wie Klara jetzt erkannte.

»Und wo finde ich die?«

»Immer der Katze nach«, sagte Maggie und rollte einen großen Reifen auf ihren Assistenten zu. »Anzünden!«

Welcher Katze?, wollte Klara gerade fragen, aber im selben Moment bemerkte sie den großen schwarzen Kater, der um ihre Füße strich.

»Bringst du mich zu deiner Herrin?« Der Kater maunzte, stellte den Schwanz hoch und stolzierte zu einer Seitentür. Klara beeilte sich, ihm zu folgen.

Sie hatte Glück, auch das Büro der Varietébesitzerin war heute ganz in der Nähe. Wie so oft würdigte Madame Fatale Klara keines Blickes, als sie den Raum betrat. Sie saß an ihrem Schreibtisch, starrte in einen kleinen silbernen Taschenspiegel und zupfte sich mit einer goldenen Pinzette die Augenbrauen. »Können Sie mir sagen, wo ich Meister Vanitus finde?«, fragte Klara. »Ich muss unbedingt mit ihm reden.«

Madame Fatale legte ihre Pinzette auf den Tisch und betrachtete kritisch ihre linke Augenbraue, die sie in einen bleistiftdünnen Bogen verwandelt hatte.

»Meister Vanitus ist nicht mehr hier.«

Klara starrte sie ungläubig an. »Das kann nicht sein! Ich habe gestern noch mit ihm gesprochen … Wir sind verabredet.«

»Das muss ihm wohl entfallen sein«, sagte Madame Fatale, die jetzt ihre rechte Augenbraue zu bearbeiten begann.

»Wo ist er denn hin?«, fragte Klara.

»Abgereist. Nach … nein, das ist wiederum mir entfallen. Tut mir leid.«

»Sie lügen«, sagte Klara mit fester Stimme. »Gestern Abend hat Meister Vanitus mit keinem Wort erwähnt, dass er abreisen wollte. Er ist bestimmt noch hier.«

Madame Fatale ließ ihren Spiegel mit einem leisen Knall zuschnappen und blickte Klara mit einem süffisanten Lächeln an. »Du kannst die ›Schwarze Katze‹ gerne durchsuchen. Du wirst ihn hier nicht finden.«

»Das ist doch nicht seine eigene Entscheidung, dass er plötzlich abgereist ist!«, rief Klara. »Da stecken doch Sie dahinter. Aber warum?«

»Hör auf herumzuschreien. Das gehört sich nicht. Hast du denn gar keine Manieren?« Madame Fatale seufzte schwer. »Setz dich. Wo ist die Kleine?«

»Lina? Sie geht mit dem Hund spazieren.«

»Mit dem Hund?« Madame Fatale klappte den Spiegel wieder auf. »Ein hässliches Tier«, hörte Klara sie murmeln.

»Wie bitte?«

»Warum willst du Vanitus sprechen?«, fragte Madame Fatale zurück.

Das geht Sie gar nichts an, hätte Klara am liebsten geantwortet, aber im letzten Moment hielt sie sich zurück. Sie durfte Madame Fatale nicht verärgern. Ohne ihre Hilfe würde sie den Schlangenbeschwörer nicht finden. »Es geht um diese Mädchen. Die entführten Töchter des Botschafters.« Täuschte sie sich oder wurde Madame Fatales ohnehin schon bleiches Gesicht noch einen Ton blasser? »Vanitus und seine Schlangenfrau haben uns bei der Suche geholfen …«, fuhr sie fort, aber dann unterbrach sie sich wieder, weil Madame Fatale aufsprang.

»Wie bitte?«, rief sie ungläubig. »Bei welcher Suche?«

»Na, *Sie* wollten uns schließlich nicht helfen.«

»Das ist ja ungeheuerlich.« Madame Fatale legte ihren Handrücken auf die Stirn und schielte dabei zur Decke. Sie sah aus, als würde sie gleich in Ohnmacht fallen. »Ich habe euch doch klar und deutlich gesagt, dass den Mädchen keine Gefahr droht, wenn ihr euch von ihnen fernhaltet. Hört ihr mir nicht zu? Fernhalten bedeutet: Sucht nicht nach ihnen. Sie tauchen von ganz allein wieder auf. Irgendwann.«

»Nun hören Sie *mir* mal zu, Madame Fatale!« Klara konnte ihre Wut nicht länger verbergen. »Die beiden Mädchen tauchen nicht wieder auf, weil sie entführt worden sind. Und wir müssen sie finden, weil die Polizei fest davon ausgeht, dass Otto hinter der Entführung steckt.«

»Wie hat Vanitus euch geholfen?«

»Er hat Nachforschungen angestellt«, sagte Klara vage.

»Und was ist dabei herausgekommen?«

»Das weiß ich noch nicht. Deshalb bin ich ja hier.«

»Und nun er ist weg. Tja. Zu dumm aber auch.«

»Madame Fatale«, sagte Klara mühsam beherrscht. »Warum ist Vanitus so plötzlich abgereist?«

Keine Antwort.

Es war zum Haareraufen. Wie ärgerlich, dass Lina nicht hier war, die es wenigstens hin und wieder schaffte, der Varietébesitzerin eine Information zu entlocken. Ohne sie war Klara aufgeschmissen. Jedenfalls verschwendete sie hier nur ihre Zeit. Sie konnte genauso gut zurück in die Manege gehen und versuchen, die Messerwerferin auszuquetschen.

Klara erhob sich.

»Hab ich gesagt, dass du aufstehen darfst?«, fragte Madame Fatale ungehalten. »Du bist wirklich sehr ungezogen, Klara Schlapp.«

Klara funkelte die Chefin der »Schwarzen Katze« wütend an. Dass Klara mit Nachnamen Schlapp hieß, wusste so gut wie keiner. Sie fragte sich immer wieder, wie Madame Fatale es geschafft hatte, den Namen in Erfahrung zu bringen.

»Setz dich«, sagte die Varietédirektorin nun sehr viel milder.

Zögernd sank Klara wieder auf den Stuhl.

»Ich weiß nicht, wo Vanitus ist. Heute Morgen bin ich in seine Garderobe gegangen, um ihn rauszuwerfen. Aber da war er schon weg. Mit Sack und Pack und Schlangenfrau.«

»Sie wollten ihn rauswerfen? Warum?«

Madame Fatale klappte ihren Spiegel wieder auf und starrte hinein. »Komm mal her.« Sie winkte Klara um den Schreibtisch herum, neben sich.

»Lina«, sagte sie und hielt Klara den Spiegel vors Gesicht. Eine Sekunde lang sah Klara ihre eigene ziemlich große Nase,

dann trübte sich das Spiegelbild und auf der Glasfläche erschien Lina. Sie stapfte mit Konfuzius die Landsberger Allee entlang. Konfuzius' Ohren hingen auf Halbmast, er hatte den Schwanz zwischen die Beine geklemmt. Ihm war ganz offensichtlich kalt.

»Na so was«, murmelte Klara. »Ein Zauberspiegel.«

»Ich habe ihn per Katalog aus Fernost geordert«, erklärte Madame Fatale stolz. »Bis gestern funktionierte er hervorragend. Aber heute ...« sie warf dem Kater einen bösen Blick zu.

»Trettoff«, sagte Klara, und wie auf ein Zauberwort erschien der fette Kommissar im Spiegel. Er saß an seinem Schreibtisch im Präsidium und mampfte Schwarzwälder Kirschtorte.

»Olympia und Sylvestra Prockauer-Waldenfels«, befahl Klara, aber nun erschien wieder ihr eigenes Gesicht im Spiegel.

»Es geht natürlich nur mit Menschen, die mir persönlich bekannt sind«, meinte Madame Fatale so ungehalten, als hätte sie das Klara schon hundertmal erklärt. »Schließlich ist es mein Spiegel.«

»Meister Vanitus«, sagte Klara und schrie leise auf, als Billy Barrakudas schlaksige Gestalt im Spiegel auftauchte. Er kritzelte etwas auf einen Notizblock. Im Nebel seines Zigarettenqualms sah man Ottos schwarze Strubbelhaare.

»Das ist doch dieser Reporter vom *Lokal-Anzeiger*.« Madame Fatale schüttelte den Kopf. »Ich sag's ja. Das Ding ist hinüber. Als ich vorhin in den Raum gekommen bin, hat der

Kater damit Katz und Maus gespielt. Wahrscheinlich hat er hineingebissen.« Sie blitzte den Kater ärgerlich an, der gelangweilt gähnte und dann fortfuhr, seine Krallen am Samtbezug des Sofas zu wetzen.

Enttäuscht gab ihr Klara den Spiegel zurück.

»Warum wollten Sie Vanitus entlassen?«, versuchte sie noch einmal ihr Glück.

Madame Fatale gähnte nun ebenfalls, im Unterschied zu dem Kater allerdings sehr dezent. Dann warf sie einen Blick auf die silberne Uhr, die an einem Band um ihren Hals hing. »Du solltest dich wirklich beeilen, Klara. Sonst kommst du am Ende noch zu spät in die ›Grüne Minna‹.«

Madame Fatale hatte recht. Klara musste wirklich schleunigst in die »Grüne Minna«, wenn sie noch vor dem Botschafter und Freddy dem Fisch dort eintreffen wollte. Glücklicherweise fuhr die Untergrundbahn gerade in den U-Bahnhof ein, als sie unter der Absperrung hindurch auf den Bahnsteig schlüpfte. Der Fahrkartenverkäufer drohte mit der Faust, aber bevor er sein Schalterhäuschen verlassen konnte, war Klara in die Bahn gesprungen. Der Schaffner pfiff, die Holztüren klappten zu und die Bahn fuhr los.

Klara stieg am Alex aus und rannte den ganzen Weg bis zur »Grünen Minna«. Wenn Paule nur nicht wieder auf die Idee gekommen war, die blonde Perücke aufzusetzen und die Dienstmädchenschürze anzuziehen. Denn diesmal, das schwor sich Klara, würde sie nicht klein beigeben und ihm das Feld überlassen.

Sie rannte durch das Tor in den Innenhof und schlüpfte durch die Hintertür in die Küche von Muttchens Kneipe.

»Tür zu, es zieht!«, herrschte Attila sie an. Der Koch stand hinter dem Herd und rührte in einem riesigen Topf. Attila stammte aus Ungarn und lebte seit Jahrzehnten in Deutschland, aber sein Deutsch klang, als hätte er sein Heimatland gerade erst vor wenigen Wochen verlassen. Dafür kochte er hervorragend. Dem Suppenkessel entströmte köstlicher Gulaschduft.

»Dit wurde aba auch Zeit«, schimpfte Paule. Er und Otto standen neben der Essensausgabe, durch die man die gefüllten Teller aus der Küche direkt in den Gastraum schieben konnte. »Ick dachte schon, det ick die janze Schose wieder mal alleene abwickeln muss.«

»Das könnte dir so passen«, japste Klara. »Sind sie schon da?«

»Der Brutzelmann-Schnackelburg ist jerade einjetroffen«, sagte Paule, während er verstohlen durch die Klappe linste. »Vom Fisch fehlt noch jede Spur.«

»Billy ist auch noch nicht da«, sagte Otto. »Dabei hat er mir versprochen, vor zwölf Uhr hier zu sein.«

»Du hast Billy von dem Treffen erzählt?«, fragte Klara. »Bist du verrückt? Das ist doch geheim!«

»Wir brauchen einen Zeugen, wenn wir den Botschafter und Freddy überführen wollen. Uns nimmt die Polizei bestimmt nichts ab. Aber Billy ist neutral.«

»Nur leider nicht hier.«

»Er kommt bestimmt gleich. Er musste vorher noch mal nach Tempelhof raus. Seit er mit der Fliegerei angefangen hat, hat er nur noch seine Pilotenprüfung im Kopf.«

»Was wusste er über das Lösegeldschreiben? Wie viel Geld fordert der Entführer? Und wann will er es haben?« Otto schüttelte den Kopf. »Billy weiß nichts. Er tappt genauso im Dunkeln wie wir.«

»Wenn er die Wahrheit sagt.« Klara trat neben Paule und spähte verstohlen ins Lokal. Die Tische waren nur spärlich besetzt. Genau gegenüber der Essensausgabe saß der Botschafter an einem Zweiertisch, vor ihm stand Muttchen Pieper und nahm seine Bestellung auf.

»Obacht, det er dir nich sieht.« Paule zog Klara ein Stück zurück.

»Ich pass schon auf. Wo steckt eigentlich Lina?«

»Hier!« Ein eiskalter Luftzug wehte durch die Küche, als die Hintertür erneut aufging. Bevor Lina die Küche betreten konnte, stürmte Konfuzius an ihr vorbei, wedelte mit seinem Löwenschwanz und bellte vor Begeisterung, als er die restlichen Schatten erblickte.

»Sei doch still«, zischte Klara.

»Pingpong«, sagte Lina. »Sinyan tuzing, Konfuzius.«

Der Chow-Chow gehorchte aufs Wort, aber nun rannte er schnurstracks auf den Koch zu, legte den Kopf schief und machte Männchen. Der Gulaschduft war ja auch zu köstlich!

»Wos ist das?« Attila ließ fast seinen Kochlöffel fallen. »Was wüll Hund in mainär Kichä? Raus, weg da, värschwindä, sonst ich mach Hackfleisch aus dir!«

»Konfuzius, tangram«, rief Lina. Der Chow-Chow warf einen flehenden Blick auf den Koch, der finster zurückstarrte und mit seinem Löffel drohte. Konfuzius zog den Schwanz ein und schlich zu Lina zurück.

»Bring ihn nach oben in Muttchens Wohnung«, sagte Klara. »Und pass auf, dass er nicht bellt. Wenn der Botschafter hört, dass der Hund hier ist, ist alles aus.«

»Soll ich etwa die ganze Zeit da oben rumhocken, während es hier zur Sache geht?«, fragte Lina.

»Mach schon, Lina. Wenn ick mit dem Hund nach oben jehe, macht det Tier eenen Mordsuffstand.«

»Hast du auf der Landsberger Allee irgendwas rausgefunden?«, fragte Otto.

»Nichts«, sagte Lina. »Konfuzius wollte unbedingt in eine Fleischerei, aber ich glaube nicht, dass die die Mädchen versteckt haben. Es waren eher die Würste, die ihn interessierten. Kann ich nicht doch hier unten bleiben?«

»Hund muss rrrraus!«, schrie Attila. »Sonst ich hackä klein und wärrrfe in Gulasch!«

Das wirkte. Lina packte den Chow-Chow am Halsband und zerrte ihn aus der Küche.

»Hat der Botschafter das Gebell gehört?«, fragte Klara und versuchte nach draußen zu gucken. Aber Paules runder Kopf versperrte ihr die Sicht.

»Glaub ick nich. Er lässt sich uff jeden Fall nüscht anmerken. Ick frag mir wirklich, wo der Fisch bleiben tut. Hoffentlich hatter keene Lunte jerochen.«

»Eine Tasse Kaffee für den Herrn.« Nun drängte sich Muttchen Piepers rundlicher Körper durch die Schwingtür in die Küche. »Kamillentee wär besser, wenn ihr mich fragt. Der Gute scheint mir mächtig nervös.«

»Den Kaffee servier ich ihm.«

Klara wollte eine Schürze vom Haken neben der Tür ziehen, aber Paule schüttelte den Kopf.

»Die Maskerade kannste dir sparen. Wir hören die beeden auch von hia.« Paule deutete stolz auf einen kleinen Kasten, der vor ihm stand.

Der Kasten war mit einem Kabel verbunden, das durch die Essensausgabe in den Gastraum lief und von dort zu dem Tisch führte, an dem der Botschafter saß und an den Fingernägeln kaute.

»Ick hab een altes Telefon auseinandergefriemelt. Dit Mikrofon klebt unterm Tisch vom Brickeldings-Brackelton. Und der Lautsprecher is hier drinne.« Er klopfte auf das Kästchen.

»Ich hör aber nichts.«

»Der Botschafter sagt ja auch nichts«, meinte Otto.

»Außerdem is dit Ding noch nich anjeschaltet«, erklärte Paule und drehte an einem Knopf auf der Oberseite des Kästchens. »So. Bring dem Herrn mal den Kaffee, Muttchen. Denn wissen wa, ob dit Janze funzirniat.«

»Nichts mache ich«, protestierte Muttchen. »Ich kenn euch doch …« Ihr gefiel ganz und gar nicht, dass die Schattenbande ständig in kriminelle Machenschaften verstrickt wurde. Wie viel lieber hätte sie es gesehen, wenn »ihre Kinderchen«, wie sie die Schatten oft nannte, ein richtiges Zuhause gehabt hätten, jeden Morgen zur Schule gegangen wären und sich jeden Abend die Ohren, Zähne und Fingernägel geschrubbt hätten.

»Keine Bange, Muttchen«, sagte Otto. »Wir wollen bloß mal ausprobieren, ob Paules neueste Erfindung funktioniert.«

Seufzend zuckte Muttchen mit den Schultern und steuerte mit ihrer Kaffeetasse zum Tisch des Botschafters. »Bitte schön, der Herr«, hörten die Schatten sie sagen, als sie den Tisch erreicht hatte. Ihre Stimme klang so klar und deutlich aus dem Kasten, als stünde sie direkt neben ihnen.

»Genial«, murmelte Klara.

Paules rundes Gesicht leuchtete vor Stolz. »Na ja, jenial is

vielleicht übertrieben …«, begann er, aber dann unterbrach er sich und riss alarmiert die Augen auf. »Da isser«, flüsterte er. Im Lokal war die Tür aufgegangen und Freddy der Fisch trat über die Schwelle. Er blieb stehen und blickte sich misstrauisch um. Seine Nasenlöcher weiteten sich wie bei einem Tier, das Witterung aufnimmt. Die hellblauen Glupschaugen flogen durch den Raum und blieben an der Essensausgabe hängen, hinter der sich die Schatten unwillkürlich duckten, obwohl Freddy sie unmöglich sehen konnte.

»Das wurde aber auch Zeit«, hörten sie den Botschafter sagen, als Freddy an seinen Tisch trat.

Aber bevor der Fisch antworten konnte, sprang die Eingangstür erneut auf und Billy Barrakuda stürmte in die »Grüne Minna«. Als er den Fisch und den Botschafter an ihrem Tisch an der Wand entdeckte, bemühte er sich sofort um einen harmlosen Gesichtsausdruck. Er schob seine Hände in die Hosentaschen und verzog sich pfeifend an die Theke.

»So ein Riesenhornochse!«, ächzte Otto. »Auffälliger geht's ja wohl nicht mehr.«

»Mir gefällt's hier nicht«, knurrte die Stimme des Fischs aus dem Empfängerkasten.

»Na hören Sie mal«, erwiderte der Botschafter vorwurfsvoll. »Sie haben diesen Treffpunkt doch vorgeschlagen.«

»Ich habe … was?«, fragte der Fisch.

»Na, wenn es nach mir gegangen wäre, hätten wir uns auch in der ›Laterne‹ oder irgendwo anders treffen können. Aber egal. Ich habe Ihnen …« Der Botschafter verstummte und zog einen großen Umschlag aus der Jackentasche. Seltsamerweise war kein Ton mehr zu hören, obwohl sich seine Lippen weiter bewegten. Klara sah, wie Freddy sich nach vorn beugte und mit dem Kopf unter dem Tisch verschwand. Dann tauchte er plötzlich wieder auf und hielt dem Botschafter einen kleinen Gegenstand vor die Nase, den dieser so entsetzt anstarrte, als wäre es eine tickende Zeitbombe.

»Ach du dicket Ei. Ick glaub, wir sin uffjeflojen«, murmelte Paule.

Der Fisch ließ die Wanze fallen, sein glupschiger Blick folgte dem Kabel vom Tisch quer durch den Raum zur Essensausgabe. Nun sprang er auf und setzte mit ein paar Riesensprüngen durch den Raum.

»Abhauen, und zwar schnell!«, kommandierte Otto.

Aber es war schon zu spät. Bevor sie flüchten konnten, knallte die Schwingtür auf und der Fisch stürmte in die Küche, einen Revolver in der Hand. »Sieh mal einer an«, zischte er. »Wen haben wir denn da? Wenn das mal nicht der kleine Schnüffler aus der ›Roten Laterne‹ ist. So schnell sieht man sich wieder!«

»Ick … äh …« Paule suchte vergeblich nach Worten.

»Dachtest du etwa, du könntest mich reinlegen?«, fragte der Fisch. »Glaubst du, du bist klüger als ich? Wolltest du mich austricksen?«

Drei Fragen, die Paule allesamt mit einem Kopfschütteln beantwortete, aber der Fisch schien es gar nicht zu bemerken.

»Eine Wanze. Du wolltest mir eine Wanze unterjubeln.«

»Wos Wanze?«, schrie jetzt Attila vom Herd herüber. »Wo ist Wanze? Bringst du Wanze in meine Kichä, das krabbelt in mein Ässen?«

»Halt's Maul«, sagte Freddy ungehalten, ohne den Kopf zu Attila zu wenden.

Die Mündung seines Revolvers zielte auf Paules Brust. Aber bevor Freddy abdrücken konnte, passierten mehrere Dinge auf einmal.

Die Schwingtür öffnete sich erneut und Billys langer Körper drängte sich in die Küche. Hinter ihm reckte Muttchen Pieper den Kopf.

Der Fisch fuhr herum und feuerte einen Schuss ab. Die Kugel flog durch die Essensausgabe und schlug in ein Weinfass, das auf der Theke stand und aus dem es sofort zu sprudeln begann. Laute Schreie ertönten aus der Kneipe.

Jetzt verlor Attila die Nerven. Er riss eine Kupferpfanne von einem Haken über dem Herd, brüllte laut vor Wut und stürmte durch die Küche auf den Fisch zu.

Freddy drückte erneut ab, einmal, zweimal, dreimal. Aber

Attila parierte die Kugeln mit der Pfanne wie ein Tennisspieler einen gegnerischen Schmetterball. Und dann zersplitterte eine Bierflasche auf dem Hinterkopf des Fischs. Wie ein Sack sank er in sich zusammen.

»Schade um das schöne Pilsener«, sagte Muttchen bedauernd und warf den Flaschenhals in den Mülleimer.

»Bravo, bravissimo«, jubelte Billy Barrakuda. »Hervorragend getroffen! Bitte nicht bewegen!«

Er hob seine Kamera. Freddy folgte der Anweisung aufs Wort und blieb stocksteif liegen. Attila stellte sich neben ihm auf und setzte wie ein Großwildjäger seinen Fuß auf die Brust des Ganoven. Nur Muttchen Pieper wollte nicht mit aufs Bild.

»Bevor hier fotografiert wird, muss ich erst mal gründlich aufräumen. Sonst denken die Leute, in meiner Küche sieht es immer so schlimm aus.«

Aber Billy ließ sich nicht aufhalten. Das Blitzlicht durchzuckte den Raum.

16. KAPITEL,

in dem ein Hund einen Fahrschein bekommt

Muttchen Pieper wollte schnurstracks zur Polizei. Eine Schießerei in ihrer Kneipe! Das hatte es noch nie gegeben, obwohl in der »Grünen Minna« seit Jahrzehnten die schlimmsten Schurken ein und aus gingen.

Sie war schon an der Tür, aber Otto hielt sie im letzten Moment fest. »Halt, warte Muttchen. Wenn die Polizei mich hier sieht, buchten sie mich gleich mit ein.«

»Dich? Aber du hast doch nichts verbrochen, Jungchen.« Muttchens Blick war groß vor Verwunderung.

»Das sehen Trettoff und seine Männer leider anders. Aber keine Angst, wir klären das.«

»Wir müssen dazu nur ein paar ernste Wörtchen mit dem österreichischen Botschafter reden«, sagte Klara.

»Mit dem Botschafter von Österreich? Aber wie wollt ihr den so schnell finden?«

»Dit frag ick mir allerdings auch«, rief Paule, der durch die Essensausgabe ins Lokal schaute. »Der Brickelbach-Speckbauch ist nämlich wech!«

Otto folgte Paules Blick. Tatsächlich, der Tisch, an dem der Botschafter gesessen hatte, war leer. Aber dann musste Otto lächeln.

Er marschierte in den Gastraum. Vor dem Tisch des Botschafters ging er in die Knie und war nun auf Augenhöhe mit Prockauer-Waldenfels, der sich ängstlich an eines der Tischbeine klammerte.

»Alles in Ordnung, Herr Botschafter«, erklärte er. »Der Verbrecher ist überwältigt, Sie können rauskommen.«

Prockauer-Waldenfels zögerte einen Moment, bevor er sich unter dem Tisch hervorschob.

»Eure Exzellenz, wenn ich bitten darf«, sagte er pikiert, während er sich den Staub vom Jackett wischte.

»Meinetwegen Eure Exzellenz«, sagte Otto. »Hauptsache, Sie packen jetzt aus. Wir wissen nämlich alles. Wo haben Sie Ihre Töchter versteckt?«

»Meine Töchter?«

»Die Olympia!«, schrie Paule. »Un die Sylvestra, falls Ihnen die Namen wat sajen!«

»Sie sind entführt«, sagte der Botschafter. »Ich habe nicht die geringste Ahnung …«

»Halten Sie doch mal die Luft an«, rief Klara wütend, die Paule zum Tisch des Botschafters gefolgt war. »Wir wissen genau, dass Freddy der Entführer ist. Und zwar in Ihrem Auftrag, Herr Exzellenz. Ihre Frau soll das Lösegeld zahlen, das wollen Sie sich dann mit dem Fisch teilen. Aber da haben Sie sich verrechnet, so läuft das nicht. Wenn Sie nicht sofort die Wahrheit sagen, dann liefern wir Sie an die Polizei aus …«

»So ein Unsinn. Ich bin der österreichische Botschafter. Ich genieße Immunität.«

»Ach wat, Munätät!«, schrie Paule. »Hier jeht's doch nich um Ihre blöde Munätät, sondern um meene Olympia. Und um die Sylvestra auch. Wo sind die beeden?«

Der Botschafter schüttelte den Kopf. »Ihr glaubt doch wohl nicht im Ernst … Ich liebe meine Töchter. Ich könnte Ihnen nie und nimmer etwas antun.«

»Sie brauchen Geld, das weiß die ganze Stadt«, sagte Billy, der ebenfalls hinzugekommen war, nachdem er den ohnmächtigen Fisch aus allen Blickwinkeln fotografiert hatte. »Für Ihre geliebte Ginelli.«

»Ja, es stimmt.« Prockauer-Waldenfels schlug die Hände vors Gesicht und stöhnte leise. »Ich habe Schulden. Deshalb habe ich mich mit diesem Subjekt getroffen. Ich wollte ihm einige … Wertpapiere verkaufen.«

»Wertpapiere?«, fragte Klara. »Darf ich mal sehen?«

Der Botschafter schüttelte den Kopf.

»Was ist in dem Umschlag?«, fragte Billy. »Wenn Sie es mir nicht sagen, denk ich mir irgendwas aus.« Sein Bleistift schwebte drohend über seinem Notizblock.

Der Botschafter winselte wie ein getretener Hund. Jetzt kam Lina aus der Küche, neben ihr hechelte Konfuzius.

»W-w-wo kommt denn der Hund her? Das ist doch unser Konfuzius!«, stammelte er. Seine Augen zogen sich zusammen. »Wisst ihr, was ich glaube? Ihr habt selbst Dreck am Stecken! Ihr habt meine Töchter entführt und wollt es mir in die Schuhe schieben. Aber so haben wir nicht gewettet. Ich will jetzt augenblicklich mit der Polizei reden …«

»Wir haben die Mädchen nicht«, unterbrach Otto ihn. »Ich habe Konfuzius von Ihrer ehemaligen Kinderfrau bekommen, der alten Else, falls Sie sich noch an sie erinnern. Kurz bevor man sie entführt hat, haben die Mädchen Konfuzius bei ihr versteckt.«

»Meine Töchter haben Konfuzius bei der alten Else versteckt?«

»Janz jenau. Weil Sie ihnen nämlich den Hund abnehmen wollten«, rief Paule.

»Ich wollte Olympia und Sylvestra ihren Hund nicht abnehmen«, erwiderte Prockauer-Waldenfels. »Warum sollte ich? Die Mädchen lieben das Tier über alles.« Konfuzius wedelte glücklich mit dem Schwanz, als ob er jedes Wort verstanden hätte.

»Kommen wir doch noch mal zurück auf diesen Umschlag«, sagte Billy. »Was ist da drin? Das mit den Wertpapieren kauf ich Ihnen nicht ab. Die kriegen Sie überall los, dafür brauchen Sie den Fisch nicht.«

Der Botschafter presste trotzig die Lippen aufeinander.

»Also gut.« Billy seufzte. »Dann machen wir es eben anders. Otto, lauf rüber ins Präsidium und sag Trettoff Bescheid. Und ich rufe eben Ihre Frau Gemahlin an, Eure Exzellenz. Die möchte doch bestimmt auch erfahren …«

»Nein«, flüsterte der Botschafter und hob seine Hand. »Nicht meine Frau. Lassen Sie Adele aus dem Spiel. Die ist mit ihren Nerven am Ende.« Er ächzte leise. »Also gut. Ich werde Ihnen alles erzählen.«

»In Ordnung«, sagte Billy sofort. »Ich höre.«

»In dem Umschlag ist Schmuck von meiner Frau. Ich wollte … wir müssen ihn verkaufen, wir brauchen dringend Geld. Wir haben gestern eine hohe Lösegeldforderung erhalten, vierzigtausend Reichsmark wollen die Entführer für die beiden Mädchen haben. Aber ich habe in letzter Zeit sehr viel Geld … ausgegeben. Da hat sich meine Frau bereit erklärt, ihren Schmuck zu opfern, und ich habe mich an Freddy gewandt, mit dem ich schon des Öfteren … Geschäfte gemacht habe. Ich habe ihm … Dinge verkauft.« Der Botschafter räusperte sich unbehaglich. »Wertpapiere. Antiquitäten. Ich brauchte Geld. Die Ginelli … Dieses Luder hat mich ausgenommen wie eine Weihnachtsgans. Ich werde ihr heute Abend den Laufpass geben, auch wenn sie mich dafür umbringen wird.«

»Aber bei dem Schmuck hätten Sie sich die Heimlichkeiten doch sparen können«, sagte Otto. »Wenn Ihre Frau Bescheid wusste.«

»Na, hör mal. Wenn meine Schuldner Wind von der Sache bekommen, fallen sie wie die Geier über mich her und fordern ihren Anteil … Aber ich brauche das Geld dringend!«

»Und weiter? Was stand genau in dem Entführerschreiben? Wann soll das Geld übergeben werden?«

»Das verrate ich nicht. Wenn die Polizei auf dem Sportplatz an der Hasenheide aufkreuzt, dann sehen wir die Kinder niemals wieder, das haben die Entführer in ihrem zweiten Brief klargemacht.«

»Auf dem Sportplatz an der Hasenheide?«, fragte Billy. »Soll dort die Übergabe stattfinden?«

Der Botschafter machte ein Gesicht, als wollte er sich selbst ohrfeigen. »Ja«, gab er dann widerwillig zu. »Aber mehr verrate ich nicht. Und die Zeit auch nicht.«

Der Reporter und die Schatten wechselten einen zweifelnden Blick.

»Sie sind sich ganz sicher, dass Sie Olympia und Sylvestra Konfuzius *nicht* wegnehmen wollten?«, fragte Klara.

»Natürlich nicht.«

»Warum haben die beiden ihn dann zu Else gebracht?«, murmelte Klara.

»Sieht fast so aus, als ob die Zwillinge die Entführung vorausgeahnt hätten«, sagte Otto. »Und Konfuzius vorher in Sicherheit bringen wollten.«

»Oder sie wollten ihn aus dem Weg schaffen«, erklärte Lina. »Damit er sie nicht stört.«

»Was meinst du denn damit?« Die anderen starrten Lina verständnislos an. Lina runzelte die Stirn und starrte ins Leere. »Als wir zusammen im Garten gespielt haben, bei dieser Schneeballschlacht, da hatte ich die ganze Zeit das Gefühl, dass sie etwas suchen.«

»Hm«, sagte Klara, »das stimmt. Ich hab die Zwillinge ja schon am Abend vorher gesehen. Da waren sie auch in unserem … ich meine, im Garten der Villa. Lina hat recht, sie suchten nach etwas.«

»Aber was?«, fragte Otto.

Lina zuckte mit den Schultern. Dann sah sie den Botschafter an. »Stimmt es, dass Sie Ihre beiden Töchter nie allein aus dem Haus gelassen haben? Dass Olympia und Sylvestra auf Schritt und Tritt bewacht wurden, weil Sie panische Angst vor einer Entführung hatten?«

»Ich? Nein, ich habe eigentlich nie mit so etwas gerechnet. In Charlottenburg gibt es nun wirklich wohlhabendere Menschen als mich.« Er seufzte wehmütig. »Aber das scheint dem Entführer nicht klar gewesen zu sein. Wir hätten besser auf die Kinder aufpassen sollen.«

»Ich verstehe, offen gestanden, überhaupt nicht, worauf du hinauswillst, Lina«, meinte Billy Barrakuda.

»Dafüa vasteh ick wat anderet. Det wir nämlich schleunigst abhauen sollten, vasteh ick, weil gleich die Polente hier einläuft.« Paule wies mit dem Kopf zum Fenster, an dem soeben Wachtmeister Eltinger vorbeimarschierte. Offenbar hatte einer der Anwohner die Schüsse gehört und die Polizei alarmiert.

Während Muttchen zum Eingang lief, um die Polizisten aufzuhalten, rannten die Schatten mit Billy durch die Küche zur Hintertür. Freddy der Fisch lag immer noch ohnmächtig da. Neben ihm hockte Attila und bewachte den Bewusstlosen mit der Bratpfanne in der einen und einem Schlachtermesser in der anderen Hand. Und einem stolzen Lächeln auf den Lippen.

Billy brachte die Schattenbande zum U-Bahnhof Alexanderplatz. Am Schalter kaufte er fünf Billetts.

»Dit war ja noch nie da.« Paule drehte die Fahrkarte in seinen Händen hin und her. »Det ick mit eenem Billett nach Hause fahre.«

»Wir fahren nicht nach Hause«, sagte Lina. »Wir fahren nach Charlottenburg.«

»Wozu das denn?«, fragte Otto.

»Na, wir müssen doch wissen, was Olympia und Sylvestra

in der Villa gesucht haben«, sagte Lina. »Das ist unsere einzige Spur.«

»Wenn ihr's rausgekriegt habt, sagt ihr mir sofort Bescheid«, meinte Billy. »Ich muss schleunigst zurück. Schließlich will ich nicht verpassen, wie sie den Fisch und den Botschafter abführen.«

»Und was ist mit dem fünften Billett?«, fragte Otto.

»Das ist für den Hund.«

»Eene Fahrkarte für eenen Hund!«, ächzte Paule. »Ich werd verrückt.«

»Aber bitte erst, wenn ich weg bin.« Billy lüpfte seinen Hut und eilte zurück zur »Grünen Minna«.

»Weeß gar nicht, wieso der sich so beeilen tut«, meinte Paule. »Dem Pratzelbach-Schmatzelberg passiert bestimmt nüscht. Der hat doch Monätüt.«

»Immunität, heißt das«, sagte Lina. »Weil er ein österreichischer Diplomat ist, kann ihm die deutsche Polizei nichts anhaben.«

»Er hat ja eigentlich auch nichts verbrochen«, meinte Otto. »Der Schmuck gehört seiner Frau, sie wollten ihn verkaufen, um schnell an Geld zu kommen. Na ja, die Leute, denen der Botschafter sonst noch Geld schuldet, hätten natürlich Pech gehabt. Aber seine Töchter waren ihm wichtiger. Das kann man doch verstehen.«

»Wenn wir bloß wüssten, wann die Lösegeldübergabe stattfinden soll«, sagte Klara. »Und auf welchem Sportplatz an der Hasenheide. Dann könnten wir dem Entführer auflauern.«

»Vielleicht sollten wir einfach mal hinfahren. So groß ist der Park auch wieder nicht. Und in der Geistervilla erreichen wir doch nichts.« Otto dachte mit Schaudern an die düsteren Räume und die schreckliche Kammer unter dem Dach.

»Geistervilla?«, fragte Lina erstaunt.

»Na, hör mal. Hast du vergessen, was die Mädchen uns über das Haus erzählt haben? Von der Frau, die sich dort umgebracht hat und deren Seele noch in den Räumen herumspukt?«

Er erinnerte sich auch nur zu gut an die Geräusche, die er in der Nacht gehört hatte, das Scharren und Knarren, das Ächzen und Seufzen, das aus dem Dachgeschoss gedrungen war, wo das abscheuliche Skelett stand.

»Die Mädchen haben uns viel erzählt«, meinte Lina. »Dass

ihr Vater ihnen Konfuzius wegnehmen wollte und dass er panische Angst vor Entführern hat. Vielleicht stimmt das mit den Gespenstern ja auch nicht.«

»Aber warum sollen die das alles erfunden haben?«, fragte Klara.

»Warum erfindet einer Gespenstergeschichten?«, fragte Lina zurück.

»Du meinst, sie wollten uns Angst machen?«, fragte Otto.

»Weil sie uns aus der Villa vertreiben wollten«, sagte Klara. »Ich verstehe allerdings immer noch nicht, wieso sie uns loshaben wollten.«

»Aber mir jeht langsam een Licht uff!« Paule klatschte sich mit der flachen Hand gegen die Stirn. »Die beeden wollten sich inner Villa vastecken.«

»Wollt ihr damit sagen, dass Olympia und Sylvestra sich selbst entführt haben?«, rief Klara.

Lina nickte. »Genau das.«

Auch Otto begann jetzt einiges zu dämmern. Die schleichenden Schritte, das Wispern in der Nacht, das waren keine Gespenster gewesen, sondern Olympia und Sylvestra Prockauer-Waldenfels.

»Aber warum machen die denn so was?«, fragte Otto. »Geld haben die beiden doch genug.«

»Das kann ich dir auch nicht sagen«, meinte Lina. »Aber mit etwas Glück können wir sie das gleich selbst fragen.«

Vor dem Haus des Botschafters stand kein Schupo mehr, vermutlich hatten die Prockauers darauf bestanden, dass man ihn abzog. Klara schloss das Tor zum Nachbargrundstück auf. Durch den tiefen Schnee stapften sie zum Haus.

Wie böse Augen starrten ihnen die schwarzen Fenster entgegen. Otto schauderte. Auch wenn ihm sein Verstand sagte, dass die Villa kein Spukhaus war, fand er das große, düstere Gebäude immer noch gruselig.

»Gut, dass wir Konfuzius dabeihaben«, sagte Lina und kraulte den Chow-Chow zwischen den Ohren. »Shyansze yingyang tsetsatsu, Konfuzius.«

Konfuzius bellte begeistert.

»Was hast du zu ihm gesagt?«, fragte Klara.

»Ich hab ihm eine dicke Wurst versprochen, wenn er seine beiden Frauchen findet.«

»Tsetsatsu heißt Wurscht uff Chinesisch?«, fragte Paule begeistert. »Dit muss ick mir merken. Falls ick ma nach Peking komme.«

»Woher kannst du denn so gut Chinesisch, Lina?«, fragte Klara.

»Ich war auf dem Rückweg von der Landsberger Allee noch in der Bibliothek. Da hab ich die wichtigsten Wörter nachgeschlagen.«

»Du bist unglaublich.«

Klara wechselte einen schnellen Blick mit Otto. Der zuckte schweigend mit den Schultern. Manchmal war ihnen das jüngste Schattenmitglied richtiggehend unheimlich.

»Ruhe jetzt!«, sagte Paule, als Klara die Haustür öffnete.

Die Eingangshalle lag leer und riesig vor ihnen. Der Marmorboden glänzte wie Eis. Lina bückte sich, um Konfuzius' Leine zu lösen.

»Kingkong!«, rief sie. »Olympia yin Sylvestra. Pankok!«

Der Hund stürmte los. Er nahm die linke Freitreppe, dann hörten sie seine Pfoten auf dem Parkettboden in der ersten

Etage klicken. Sekunden später hatte er den zweiten Stock erreicht und machte sich an den Aufstieg zum Dachboden.

Dort hörten die Schatten ihn laut bellen. Wie von Sinnen kratzte er an der verschlossenen Tür, winselte erbärmlich und bellte wieder los.

»Er hat sie!«, rief Otto. »Konfuzius hat die beiden gefunden!«

»Wir haben es geschafft«, jubelte Klara.

»Olympia, ick komme! Ick rette dir!«, schrie Paule und flitzte die Treppe nach oben.

Otto, Paule und Klara kamen fast gleichzeitig im Dachgeschoss an. Konfuzius rannte ihnen ein Stück entgegen und kläffte heiser.

»Ist schon gut«, keuchte Klara. »Gleich hast du deine Frauchen wieder.«

Paule riss die Tür auf. Und stieß einen Schrei der Enttäuschung aus.

Das Zimmer unter dem Dach war leer.

ABENDAUSGABE

Berliner Lokal—Anzeiger

11. Januar 1927

Ein Interview mit Meister Vanitus (Teil 3)

Meister Vanitus, erlauben Sie mir eine Frage zu Ihrer Partnerin.
Oh ja. Bitte, gerne.

Frau Ana Conda ist ja nun ein seltsames Wesen. Ich habe so etwas noch nie zuvor gesehen. Halb Mensch, halb Schlange.
Sie ist sehr biegsam.

Enorm biegsam! Wie haben Sie und Frau Conda sich denn kennengelernt?
Ich war im Amazonasbecken unterwegs, da habe ich sie getroffen. Sie schlängelte sich gerade von einem Baum und landete genau vor meinen Füßen. Über sieben Jahre ist das jetzt her. Ana – ich meine, Frau Conda – war ein bisschen einsam. Es gibt ja nun nicht viele von ihrer Art. Und weil sie bis dahin noch gar nichts von der Welt gesehen hatte, haben wir beschlossen, gemeinsam auf Reisen zu gehen. Ja, und seitdem ziehen wir durch aller Herren Länder.

ABENDAUSGABE

Berliner Lokal-Anzeiger

11. Januar 1927

Spricht sie denn Deutsch?
Die Ausdrucksweise und der Intellekt von Schlangenwesen sind ein bisschen … beschränkt. Nicht dass ich Frau Conda beleidigen möchte, aber sie hat es nie geschafft, unsere Sprache zu meistern. Inzwischen versteht sie mich aber einigermaßen.

Und Sie? Sprechen Sie die Schlangensprache?
Natürlich.

Meister Vanitus, wenn ich Ihnen eine ganz persönliche Frage stellen dürfte? Haben Sie selbst manchmal ein bisschen Angst vor diesem Wesen?
(Meister Vanitus zögert und denkt nach.)
Ach nein. Dazu besteht kein Anlass. Wirklich nicht. Glaube ich.

17. KAPITEL,

in dem ein Skelett den Mund aufmacht

»Dit darf doch wohl nich wahr sein«, japste Paule. »Ick war mir janz sicher, det Lina recht hat. Det die beiden hier sind.« Enttäuscht ließ er sich in einen alten Sessel sinken.

Klara drehte sich einmal um die eigene Achse. Ihre Augen suchten jeden Zentimeter des Dachzimmers ab. Die Zwillinge waren nicht hier, daran gab es keinen Zweifel. Sie sah ein kopfloses Knochengerüst neben dem Fenster. Einen zerschlissenen Vorhang. Gerümpel, Kisten und Schachteln mit alten Kleidern. Neben ihr stand ein Regal, in dem Lebensmittel lagerten. Vier Dauerwürste, ein Stapel Fleischkonserven, ein Korb mit Äpfeln. Vorräte. Vorräte?

»Sie waren hier!«, rief Klara laut und zeigte auf das Essen. Die Mädchen hatten sich offenbar auf eine lange Wartezeit eingestellt.

»Aber wir kommen zu spät«, murmelte Lina, die das Zimmer unter dem Dach inzwischen ebenfalls erreicht hatte. »Sie müssen sich ein anderes Versteck gesucht haben.«

»Vielleicht war es ihnen zu kalt« sagte Klara mit Blick auf die immer noch zerbrochene Fensterscheibe. »Brr, hier würd ich's auch nicht lange aushalten.«

»Sie hätten gar nicht in diesem Raum bleiben müssen. Das Haus ist doch leer, sie konnten überall hin«, sagte Lina.

»Vielleicht war ihnen das zu unsicher«, meinte Klara, »und sie haben geahnt, dass wir ihnen bald auf die Schliche kommen würden.«

»Da stimmt doch was nicht«, sagte Otto.

»Wie bitte?«

Otto starrte auf das Skelett, das neben dem Fenster stand. Ein Gerüst aus bleichen Knochen, dem der Schädel fehlte.

»Als ich das letzte Mal hier war, war der Kopf noch auf dem Skelett«, murmelte er. »Und jetzt ist er ab.« Er blickte sich suchend um und wies dann in die rechte Zimmerecke neben der Tür. »Er liegt da hinten.«

»Is eben runtagepurzelt«, meinte Paule gleichmütig. »Dit passiert schon ma, wenn man tot is.«

»Aber ein Schädel fällt doch nicht einfach so runter«, sagte Otto.

»Lass doch den ollen Kopf, Otto«, meinte Klara, als Otto sich jetzt in Bewegung setzte, um den Schädel aus der Zimmerecke zu holen. »Wir haben wirklich andere Probleme als ein kaputtes Skelett. Wo sind die beiden Mädchen hin? Wo könnten sie sich noch verstecken? So viele Menschen kennen die beiden doch bestimmt nicht in der Stadt.«

»Und warum ham se ihr Essen nich mitjenommen?«, meinte Paule. »Det is doch dit Erste, dit man einpackt.«

»Natürlich«, rief Klara und schlug sich mit der flachen Hand vor die Stirn. »Ist doch klar wie Kloßbrühe! Die beiden sind draußen an der Hasenheide! Sie haben sich versteckt und warten auf ihren Vater. Und sobald er das Lösegeld deponiert hat, holen sie sich die Kohle.«

»Un hintaher spazieren sie einfach wieda nach Hause und tun so, als wär nüscht jewesen«, schloss Paule. »So eene miese Nummer. Und dit von meene Olympia. Dit hältste ja inner Birne nich aus.« Er schüttelte fassungslos den Kopf.

»Aber die beiden haben die Rechnung ohne uns gemacht«, erklärte Klara. »Wir fahren auf der Stelle da raus und versalzen ihnen die Suppe.«

»Jute Idee!« Paule sprang auf. »Un ick werd der Olympia mal vaklickan, wat ehrliche Liebe bedeutet. Und det ick janz schön desinsunjeriert bin.«

»Desillusioniert«, korrigierte Lina automatisch. »Was machst du eigentlich die ganze Zeit mit dem Totenschädel, Otto?«, fragte sie dann.

»Ich verstehe nicht, warum er da hinten in der Ecke lag«, murmelte Otto, während er den Kopf hin und her drehte. Der Schädel sah aus, als ob er verschwörerisch grinste. Klara bekam eine Gänsehaut, aber Otto schien das Ganze gar nichts auszumachen. Er starrte in den lippenlosen Mund, als ob er die gelblichen Zähne untersuchen wollte, die noch in den Kiefern hingen. Und nun sah Klara, wie seine Augen aufleuchteten.

»Wer sagt's denn.« Er pfiff leise durch die Zähne. »Da steckt was drin.« Mit spitzen Fingern zog er ein zusammengefaltetes Stück Papier aus dem Mund. »Ein Brief«, rief er aufgeregt, nachdem er das Papier aufgeschlagen hatte.

»Gib her!«, rief Lina.

Otto zögerte einen Moment lang, dann reichte er ihr den Zettel. Lina konnte schließlich am besten lesen.

»Was steht da?«, fragte Klara. »Schnell, lies vor!«

Liebe Mutti, lieber Vati!

Ihr macht Euch bestimmt mächtig Sorgen, weil Ihr glaubt, dass wir entführt worden sind. Aber das stimmt gar nicht. Es gibt in Wirklichkeit gar keine Entführer, und den Brief von gestern haben wir selber geschrieben, damit Ihr Angst kriegt.

Wir sind weggelaufen, weil Ihr Euch den ganzen Tag nur zankt und gar nicht mehr merkt, ob wir da sind oder nicht. Wir wollen aber keine Eltern, die sich streiten, wir wollen, dass Ihr Euch wieder lieb habt. Wir kommen nur dann wieder nach Hause, wenn Ihr uns versprecht, dass Ihr Euch nie mehr anschreit. Und wenn Ihr die alte Else wieder zurückholt, die mögen wir nämlich viel lieber als alle Gouvernanten und Hauslehrer der Welt. Und wenn wir eine Woche lang Sachertorte zum Mittagessen bekommen und neue Kleider für alle Puppen.

Wenn Ihr einverstanden seid, hängt eine weiße Fahne aus dem Kinderzimmerfenster, dann kommen wir wieder heim. Andernfalls wandern wir für immer nach Amerika aus.

Mit hochachtungsvollen Grü—

Hilfe!

»Hilfe?«, wiederholte Klara und starrte verwundert über Linas Schulter. »Steht da wirklich *Hilfe*? Das passt doch gar nicht.«

»Und ob das passt«, meinte Otto. »Jemand muss die Mädchen unterbrochen haben. Sie haben es gerade noch geschafft, das Wort *Hilfe* zu schreiben und den Zettel im Mund des Totenschädels zu verstecken, bevor …«

»Bevor was?«, flüsterte Lina. »Wer hat Olympia und Sylvestra überrascht?«

»Wer konnte wissen, dass sie hier sind?« fragte Klara und bemerkte im gleichen Moment, wie Otto totenblass wurde. »Was ist?«, erkundigte sie sich erschrocken.

»Die Schlange«, stieß er mit tonloser Stimme hervor.

● ● ●

Otto hatte recht. Es gab nur eine vernünftige Erklärung für das Verschwinden der Zwillinge.

Als die Schlangenfrau am Tag zuvor das Haus durchsucht hatte, musste sie die Mädchen in der Dachkammer entdeckt haben.

»Aber was hat sie mit ihnen gemacht?«, fragte Klara ratlos.

Auch Lina war auf einmal bleich wie der Totenkopf, den Otto immer noch in den Händen hielt. »Vielleicht ist Vanitus ja gar nicht so nett, wie wir immer geglaubt haben«, flüsterte sie. »Vielleicht ist er in Wirklichkeit böse.«

»Meinst du etwa ...?« Klara schluckte. Ihr war auf einmal ganz schlecht.

Plötzlich fiel ihr Madame Fatale wieder ein. Wie blass die Varietébesitzerin am Morgen geworden war, als sie gehört hatte, dass der Schlangenbeschwörer die Schattenbande bei der Suche nach den Botschaftertöchtern unterstützt hatte. »Madame Fatale traut ihm auch nicht über den Weg.«

»Nachdem Ana Conda Vanitus erzählt hat, dass sie die Mädchen entdeckt hat, hat er beschlossen, sie wirklich zu entführen«, sagte Lina.

Klara nickte. »Deshalb ist er auch so schnell aus der ›Schwarzen Katze‹ verschwunden.«

»Madame Fatale hat gesagt, dass wir uns von den Mädchen fernhalten sollen«, murmelte Lina.

»Dann passiert ihnen auch nichts«, ergänzte Klara.

»Und es wäre ihnen auch nichts passiert.« Otto schlug sich mit der flachen Hand gegen die Stirn. »Ihre Eltern hätten die weiße Fahne rausgehängt und Olympia und Sylvestra wären nach Hause gegangen. Ende gut, alles gut.«

»Aber jetzt hat Vanitus sie in seiner Gewalt«, sagte Klara. »Und wir Idioten haben ihn überhaupt erst auf ihre Spur gebracht.«

»Jetzt kapier ick auch, wie dit mit dem Brief jejangen ist!«, rief Paule. »Als ick bei dem Fritzelmann-Frotzelmann im Studierzimmer war, hat sich die Schlangenfrau ins Haus jeschlichen und hat die Lösejeldforderung heimlich uff dit Büffet jelegt, wo der Sauertopf se hintaher jefunden hat.«

»Wie konnten wir nur auf diesen Schlangenfritzen reinfallen!«, rief Otto. »Nur weil er uns eine rührselige Geschichte von seiner Tochter erzählt hat. Er hat uns von vorne bis hinten belogen.«

»Ich wette, es gibt gar keine kleine Mirabelle mit roten Haaren«, stöhnte Klara.

»Was machen wir jetzt?«, fragte Lina.

»Wir legen uns bei den Sportplätzen an der Hasenheide auf die Lauer«, sagte Otto. »Und wenn Vanitus das Lösegeld aus dem Mülleimer holen will …«

»Vergiss es.« Klara schüttelte den Kopf. »Wir können doch nicht die ganze Nacht da draußen rumstehen. Und bis wir Vanitus sehen, hat uns diese Schlangenfrau schon zehnmal entdeckt. Das funktioniert nicht.«

»Dann müssen wir mit Trettoff reden. Er soll alle Sportplätze umstellen …«

»Dit is nicht dein Ernst«, rief Paule. »Der Dicke lacht sich scheckig, wenn wir ihm wat vonner Schlangenfrau erzählen. Wejen so wat schickt er keenen einzijen Schupo raus, aber uns steckt er bestimmt ins Irrenhaus.«

Otto zuckte mit den Schultern. »Fällt dir was Besseres ein?«

Paule runzelte die Stirn. »Nö.«

Lina kaute unglücklich auf ihrem Zopf herum, Klara nagte an ihrer Unterlippe.

»Ich weiß nicht mehr weiter«, seufzte sie schließlich.

In diesem Moment klopfte jemand ans Fenster. Und das war seltsam, immerhin befanden sie sich in der Dachkammer.

18. KAPITEL,

in dem Madame Fatale richtig Gas gibt

Es war Lina, die sich als Erste aus der Erstarrung löste und das zerbrochene Fenster aufklappte. Maunzend sprang ein großer schwarzer Kater vom Dach ins Zimmer. Konfuzius begann sofort wütend zu bellen, aber als der Kater einen Buckel machte und ihn anfauchte, klappte er sein Maul zu, zog den Schwanz ein und verkroch sich winselnd hinter den Ohrensessel.

»Was machst du denn hier, mein Süßer?« Lina hob das Tier hoch und schmiegte ihre Wange an das schwarze Fell. Der Kater miaute leise. Lina lauschte gebannt.

»Du meinst, sie ist da draußen?« Jetzt hob sie den Kopf und blickte aus dem Fenster, durch das man allerdings nur graue Schneewolken sah, die der Wind über den Himmel trieb. »Wir müssen los«, sagte sie zu den anderen. »Madame erwartet uns.«

• • •

Es bedurfte einiger Überredungskunst, Konfuzius hinter dem Sessel hervorzulocken. Erst als Lina ihn auf den Arm nahm, fügte er sich in sein Schicksal und ließ sich die Treppen hinunterschleppen. Der Kater war bereits aus dem Haus gelaufen, seine Pfotenspuren führten durch den Schnee zum Tor und von dort zu einer riesigen schwarzen Limousine, die an der Straße parkte.

Otto war als Erster beim Wagen. Auf dem Beifahrersitz erblickte er Madame Fatales Sekretär, einen schweigsamen, glatzköpfigen Muskelmann. Trotz der Kälte hatte er seine Hemdsärmel hochgekrempelt, sodass man seine muskulösen, schwarz behaarten Unterarme sah. Mit regungsloser Miene schaute er in das dichte Schneetreiben vor der Windschutzscheibe.

Madame Fatale saß hinter dem Steuer, sie trug eine eng anliegende Ledermütze und eine große runde Brille, die sie jetzt nach oben schob.

»Was machen Sie denn hier?«, erkundigte sich Otto. Madame Fatale starrte ihn schweigend an, als hätte sie ihn gar nicht gehört. Aber bevor er seine Frage wiederholen konnte, hatten auch die anderen Schatten das Fahrzeug erreicht. »Gut, dass Sie hier sind, Madame!«, keuchte Klara. »Wir wissen jetzt ganz genau, dass Vanitus hinter der Entführung steckt. Wir müssen ihn schnellstens finden, bevor er das Lösegeld kassiert und abhaut.«

»Ich frage mich, warum ihr nicht endlich einsteigt«, sagte Madame Fatale ungeduldig.

Klara riss die hintere Tür auf, dann schoben sie sich einer nach dem anderen auf die breite Rückbank. Zuletzt stieg Lina mit Konfuzius ein. Von dem schwarzen Kater fehlte jede Spur.

»Die ganze Angelegenheit ist leider völlig außer Kontrolle geraten«, sagte Madame Fatale, als sie alle im Wagen saßen. »Ich kann mir nicht erklären, wie so etwas passieren konnte.«

Sie drehte sich dabei nicht zu den Schatten um, sondern blickte nach vorne, als spräche sie mit den Schneeflocken.

»Was ist außer Kontrolle geraten?«, fragte Otto verwirrt.

»Der Spiegel funktioniert jedenfalls einwandfrei«, sagte Madame Fatale zusammenhanglos.

Sie öffnete ihre Handtasche, holte ihren silbernen Taschenspiegel heraus und klappte ihn auf. »Aber jedes Mal, wenn ich Vanitus aufrufe, streikt er.« Sie schüttelte missbilligend den Kopf. »Vanitus«, sagte sie laut.

Die Köpfe der Schatten schossen nach vorn. Otto sah, wie im Spiegel das Gesicht von Billy Barrakuda auftauchte.

»Immer wenn ich nach Vanitus frage, zeigt er mir diesen Schmierfink von einem Reporter. Es ist zu dumm.«

»Was ist mit Ana Conda?«, fragte Lina. »Haben Sie das schon mal versucht?«

»Ana Conda«, sagte Madame Fatale, woraufhin der Spiegel pechschwarz wurde. »Sie scheint in ihrer Hutschachtel zu stecken«, meinte die Varietébesitzerin. »Nun gut. Das hilft uns nicht weiter. Aber dass der Spiegel Vanitus mit diesem Reporter verwechselt. Das will mir nicht in den Kopf. Die beiden kennen sich doch nicht einmal.«

»Doch«, rief Otto aufgeregt. »Billy war in der Premiere in der ›Schwarzen Katze‹. Und er hat Vanitus interviewt.«

»Aber das ist noch lange keine Erklärung dafür, dass der Spiegel die beiden nun ständig verwechselt.« Madame Fatale machte ein Gesicht wie Attila, der Koch, wenn er aus Versehen seine Suppe versalzen hatte.

»Vielleicht doch«, sagte Klara. »Vielleicht ist der Spiegel klüger, als Sie denken.«

»Wie bitte?« Madame Fatales Augenbrauen wanderten fast bis zum Rand der Autofahrermütze.

»Sie fragen nach Vanitus, er zeigt Ihnen Billy. Weil die beiden irgendwie miteinander verbunden sind.«

»Stimmt!«, rief Otto. »Die Geldübergabe soll doch irgendwo in der Nähe der Hasenheide stattfinden. Und wisst ihr, was genau neben der Hasenheide liegt?«

»Wat denn?«, fragte Paule.

»Der Flughafen Tempelhof. Und auf dem Flughafen steht Billys Flugzeug.«

»Det is aber ziemlich weit hergeholt.«

»Wieso? Billy hat lange mit Vanitus gesprochen. Und wie ich ihn kenne, hat er die Unterhaltung bei der ersten Gelegenheit auf sein neues Lieblingsthema gebracht. Die Fliegerei.«

»Und nachdem Meister Vanitus die Zwillinge entführt hat, hat er sich daran erinnert«, ergänzte Klara.

»Meenste, er hat Billy überredet, det er ihm hilft?«, fragte Paule.

»Kann ich mir nicht vorstellen. Billy würde bei so was doch niemals mitmachen. Ich glaube eher, dass Vanitus ihm die Schlüssel geklaut hat. Und was er sonst noch braucht, um mit dem Flugzeug zu verschwinden.«

Klara nickte. »Vanitus und Ana Conda wollen das Lösegeld kassieren und dann nichts wie weg.«

»Der Plan ist genial«, sagte Otto.

»So genial auch wieder nicht«, sagte Madame Fatale kühl. Sie nickte dem Glatzkopf zu, der aus dem Wagen sprang und den Motor ankurbelte.

»Bitte anschnallen«, sagte Madame Fatale, nachdem er wieder neben ihr saß. »Die Fahrt geht los.«

»Anschnallen?«, fragte Paule verständnislos. »Wat sollen wa denn anschnallen?«

»Ach so. Der Sicherheitsgurt ist ja noch gar nicht erfunden.« Madame Fatale legte den ersten Gang ein, gab Vollgas und schoss auf die Straße.

Sie schlitterten über Schnee und Eis in Richtung Hasenheide. Der Motor heulte wie ein gequältes Tier, denn Madame Fatale hielt das Gaspedal bis zum Anschlag durchgedrückt und machte keine Anstalten, in einen höheren Gang zu schalten. Auch von der Bremse machte sie keinerlei Gebrauch. Immer wenn ein anderes Automobil auf der Straße auftauchte, hupte sie so lange, bis der andere Fahrer den Weg freigab. Glücklicherweise war wegen des Schneesturms kaum jemand unterwegs.

Otto umklammerte mit einer Hand den Griff an der Tür, mit der anderen hielt er sich an Klara fest, die ihrerseits bei Paule Halt suchte. Von der Schlingerei war ihm furchtbar schlecht. Er fragte sich, was Madame Fatale vorhatte. Ob sie überhaupt irgendeinen Plan besaß. Und ob sie die fürchterliche Fahrt überleben würden.

Das Verdeck des Wagens war geschlossen, aber durch die offenen Seitenfester drang eiskalte Winterluft herein. Klaras Lippen waren ganz blau vor Kälte und sie klapperte mit den Zähnen.

»In w-w-w-wenig-g-g-g...«, begann sie, aber dann brach sie kopfschüttelnd ab.

Sie schwiegen, bis die Höllenfahrt vor dem Haupteingang zur Hasenheide endete. Nun trat Madame Fatale auf die Bremse, ohne jedoch vorher die Kupplung zu bedienen. Die Limousine machte einen Riesensatz nach vorn, schlingerte über den Schnee und blieb wenige Zentimeter vor dem schmiedeeisernen Tor stehen.

»Voilà!«, sagte Madame Fatale. »Dachte ich mir doch, dass das Autofahren keine Hexerei ist. Man fragt sich wirklich, warum die Leute so ein Problem daraus machen.«

Otto schloss die Augen und atmete ein paar Mal tief durch, bis ihm nicht mehr ganz so schlecht war.

»Und jetzt?« fragte er. »Was passiert jetzt? Haben Sie eine Idee?«

Die Chefin der »Schwarzen Katze« drehte sich zu ihm um und bedachte ihn mit einem eisigen Blick. »Natürlich habe ich eine Idee.«

»Und w-w-w-ie s-s-sieht d-d-ie aus?«, fragte Klara.

Madame Fatale zückte ihren Spiegel, aber diesmal rief sie weder Vanitus noch Ana Conda auf, sondern puderte sich ausgiebig Nase und Stirn und betrachtete sich dann einen Moment lang mit offensichtlichem Wohlgefallen, bevor sie den Spiegel wieder wegsteckte.

»Ihr bleibt im Wagen«, sagte sie.

Sie stieg aus, ohne sich noch einmal umzuwenden. Auch der glatzköpfige Muskelmann sprang aus dem Auto. Sekunden später waren beide im dichten Schneetreiben verschwunden.

»Das gibt's doch nicht«, rief Otto. »Die kann uns doch nicht einfach hier sitzen lassen.«

Klara hauchte in ihre eiskalten Hände. »In einer Sch-sch-schtu-n-n...«

»Wat?«, fragte Paule.

»In einer Sch-sch-stunde w-w-wird es dunkel«, brachte Klara endlich hervor. »D-d-dann k-k-k-...«

»Dann kann Vanitus nicht mehr fliegen«, beendete Otto den Satz für sie. »Das ist verdammt richtig. Und er wird mit seiner Flucht nicht bis morgen warten wollen.«

Die Schatten blickten sich alarmiert an. Konfuzius winselte leise.

»W-w-wir müssen etwas unternehmen«, sagte Klara. »Und zwar s-s-sofort.«

»Ich wette, dass Vanitus die Mädchen irgendwo in der Nähe versteckt hat«, sagte Lina. »Vielleicht haben wir Glück und Konfuzius findet sie.«

Klara nickte. »Du hast recht, Lina. Das ist unsere einzige Chance. Vanitus und diese Schlange sind bestimmt damit beschäftigt, das Lösegeld einzusammeln. Wenn wir es schaffen, die Mädchen vorher zu finden und zu befreien ...«

Otto riss die Autotür auf. »Worauf wartet ihr dann noch? Los geht's!«

Wenn nur der Schneefall endlich nachgelassen hätte. Ein scharfer Nordwind wehte unablässig neue Flocken zur Erde. »Vielleicht sollten wir uns trennen«, schlug Klara vor, aber Otto schüttelte den Kopf.

»Auf keinen Fall«, sagte er. »Wir bleiben zusammen. Die Zwillinge finden wir ohnehin nur dann, wenn Konfuzius ihre Witterung aufnimmt. Er muss uns zu ihrem Versteck führen.«

Dem Chow-Chow schienen die Kälte und die Schneemassen nichts auszumachen. Die Nase zum Boden gesenkt, stob er so schnell durch den hohen Schnee, dass sie ihm kaum folgen konnten. In Zickzacklinien durchquerte er den Park, blieb hin und wieder an einem Baum stehen, schnüffelte daran, hob sein Bein und pinkelte, um dann wieder weiterzueilen.

»Ick wette, der sucht überhaupt nich nach Olympia«, murmelte Paule. »Allet wat der riecht, sind Eichhörnchen und Karnickel und andere Hunde.«

»W-w-w-eiter«, flüsterte Klara. »Wenn wir stehen bleiben, erfriere ich.«

Otto hatte längst jede Orientierung verloren. Waren sie an dieser Eiche mit dem gespaltenen Stamm nicht schon dreimal vorbeigekommen? Er hatte den Eindruck, dass sie immer nur im Kreis liefen.

Wir hätten vielleicht doch auf Madame Fatale hören sollen, dachte er.

Aber im selben Moment blieb Konfuzius stehen. Er hob den Kopf, spitzte die Ohren, sein Schwanz wedelte wie ein Propeller. Bevor er losbellen konnte, hielt Lina ihm die Schnauze zu. »Pingpong, Konfuzius. Yingyang!«, flüsterte sie.

Sie waren am Ende des Parks und bei den Sportplätzen angelangt. Hinter einem Jägerzaun sahen sie die Flugbahn, die nur mit einer dünnen Schneeschicht bedeckt war. Daneben stand ein kleiner, flacher Schuppen, dessen Fenster mit Brettern verrammelt waren.

»Oooolympia«, flüsterte Paule.

»Ob sie wirklich da drin sind?«, wisperte Lina.

Konfuzius wedelte so aufgeregt mit dem Schwanz, dass er ihm fast abfiel.

»Ich schleich mich rüber und versuch da reinzukommen«, sagte Otto leise. »Ihr bleibt hier. Wenn ich in einer halben Stunde nicht zurück bin, dann …«

»Nüscht da«, unterbrach ihn Paule. »Ick jehe. Immerhin jeht et um meene Olympia. Und außerdem kriech ick im Jejensatz zu dir jedet Schloss jeknackt, falls dir det entfallen sein sollte.«

»Du spinnst wohl«, widersprach Otto.

»Paule hat recht«, flüsterte Klara. »Wenn einer von uns eine Chance hat, in den Schuppen zu kommen, dann ist er das.«

»Aber ich bin doch …« Der Anführer, hätte Otto fast gesagt, aber als er Klaras finsteres Gesicht sah, schluckte er den Rest des Satzes hinunter. Jetzt war wirklich nicht die Zeit, sich zu streiten. »Meinetwegen.« Otto hob seine rechte Hand und nickte. Die anderen bildeten einen Kreis. Auch sie hoben die Arme. Und dann senkte Otto den Arm wieder, die anderen folgten ihm und legten ihre Hände aufeinander.

»Wir sind die Schatten, schnell und schlau, keiner sieht sie je genau!«, flüsterten sie im Chor.

•••

Otto, Klara und Lina versteckten sich hinter dem dicken Stamm einer Kiefer, während Paule über den Zaun kletterte und dann in geduckter Haltung auf den Schuppen zurannte. Er versuchte, durch die verrammelten Fenster zu blicken, zuckte mit den Schultern und wandte sich der Tür zu.

»Abgeschlossen«, murmelte Lina, als sie sah, wie ihr Bruder vergeblich an der Klinke rüttelte. Dabei umklammerte sie mit beiden Händen Konfuzius' Halsband. Es erforderte ihre ganze Kraft, den Hund zurückzuhalten.

Dreißig Sekunden. Länger dauerte es nicht, bis Paule das Schloss geknackt und die Tür geöffnet hatte. Das Quietschen der rostigen Angeln drang bis zu seinen drei Freunden. Er drehte sich noch einmal zu ihnen um und reckte triumphierend den Daumen zum Himmel.

Dann verschwand er in dem Schuppen.

19. KAPITEL,

in dem es Tränen gibt

Es war stockdunkel. Nur durch die offene Tür fiel ein wenig Tageslicht in den Verschlag, aber mehr als seine eigenen Füße konnte Paule nicht erkennen.

Er blieb stehen und lauschte in die Dunkelheit. Und dann hörte er ein lautes Stöhnen. Die Zwillinge. Sie waren hier!

Wenn er nur eine Taschenlampe gehabt hätte oder wenigstens eine Kerze.

»Olympia?«, flüsterte er. »Keene Angst, ick bin's, Paule. Ick rette dir.«

Keine Antwort. Er streckte die Arme aus und tastete sich

an der Wand entlang. Nachdem er das erste Fenster erreicht hatte, öffnete er es und drückte von innen gegen die Bretter, mit denen die Öffnung verrammelt war. Er hatte Glück, das Holz war morsch. Eins der Bretter gab sofort nach, löste sich aus seiner Verankerung und fiel in den Schnee. Zwei andere ließen sich nun ebenfalls entfernen.

Endlich kam etwas Licht in die Angelegenheit! Paule drehte sich erleichtert um, um einen Blick in den Raum zu werfen, und stieß einen leisen Schreckensschrei aus.

Die beiden Mädchen lagen zappelnd in einer Ecke des Schuppens. Sie trugen ihre grauen Pelzmäntel und die roten Mützen und Schals, in denen Paule sie vor ein paar Tagen im Garten der Villa gesehen hatte. Aber im Gegensatz zu damals boten sie nun ein Bild des Jammers. Man hatte sie gefesselt und geknebelt und dann einfach auf einen Haufen Gerümpel gestoßen, als wären sie Unrat. An Olympias Mantel war eine Naht aufgerissen, ihr Kragen hing nur noch an einem Faden. Sylvestras Mütze hatte ein Loch, genau wie ihre Wollstrümpfe. Und beide Mädchen waren ziemlich schmutzig.

»Wat für 'ne Jemeinheit.« Paule hastete zu den Zwillingen und begann, ihre Fesseln zu lösen. Zuerst war Olympia an der Reihe, immerhin war sie es, für die sein Herz am meisten schlug. Er wusste auch sofort, dass sie die linke der beiden war. Ein Blick in ihre vergissmeinnichtblauen Augen genügte und seine Knie wurden weich.

Wenn nur seine Finger nicht so kalt und steif gewesen wären. Er kämpfte zuerst mit den Knoten in der Wäscheleine. Dann erst kam er auf die Idee, den Knebel aus ihrem Mund zu ziehen.

»Mmmmhhho verflixt«, keuchte Olympia. »Na endlich! Hat

das lange gedauert! Ich dachte schon, wir müssen in diesem Loch verschimmeln.«

»Mmmmhhhuummmh.« Sylvestra wollte gerne etwas hinzufügen, aber bei ihr steckte der Knebel noch zwischen den Zähnen.

»Pfui Teufel«, keuchte sie, als Paule auch sie befreit hatte. »Das ist ja nicht auszuhalten. Mir tun alle Knochen weh und mein Kopf erst! Da ist eine fiese Beule. Aua.«

»Mir ist schlecht«, jammerte Olympia. »Und schrecklich kalt. Ich kann meine Zehen gar nicht mehr spüren. Vielleicht sind sie schon abgefroren.«

»Ich muss mir die Haare waschen. Und baden. Ich will sofort baden!«

»Und ich will eine heiße Schokolade. Und was zu essen! Hast du was zum Essen mitgebracht?«

Zwei vergissmeinnichtblaue Augenpaare starrten Paule an. Was zum Essen? Paule kratzte sich ungläubig hinter dem Ohr. Das Wiedersehen mit Olympia hatte er sich wirklich anders vorgestellt. »Wir sollten erst ma vaschwinden«, erklärte er. »Nicht det se uns am Ende noch erwischen …«

Olympia und Sylvestra seufzten im Chor. Dann erhoben sie sich stöhnend und maulend, aber anstatt die Flucht zu ergreifen, begannen sie sich erst einmal gegenseitig zu säubern. Olympia kramte sogar einen Kamm aus der Manteltasche und nahm ihre Mütze ab, aber bevor sie ihre blonde Lockenpracht bearbeiten konnte, riss Paules Geduldsfaden. »Schluss jetzt, Olympia. Sonst hau ick alleene ab, dann bleibt ihr eben hia.«

Olympia zog eine beleidigte Schnute. »Ich bin Sylvestra«, erklärte sie pikiert, aber zu Paules Erleichterung steckte sie wenigstens den Kamm wieder ein.

»Wisst ihr, wo Vanitus is?«, fragte Paule.

Die Vergissmeinnichtaugen öffneten sich weit und fragend. »Wer?«

»Der Mann, der euch entführt hat.«

»Den haben wir gar nicht zu Gesicht bekommen«, antwortete Olympia, die in Wirklichkeit Sylvestra war.

»Wir haben nur die schreckliche Frau gesehen.«

»Mit dem grünen Gesicht.«

»Und den komischen Augen.«

»Und dem dünnen Körper.«

»Die Schlangenfrau«, sagte Paule. »Und wo is die jetz?«

Vier Schultern hoben und senkten sich im Gleichtakt.

»Ejal. Wir müssen erst ma weg hier«, beschloss Paule.

»Mir ist kalt«, jammerte Sylvestra.

»Meine Füße tun weh.«

»Mir ist schwindlig. Ich hab bestimmt Fieber.«

Paule ging zur Tür, ihm war es plötzlich vollkommen egal, ob ihm die beiden Mädchen folgten oder nicht. Als er den Ausgang erreicht hatte, gab er ihnen ein Zeichen, stehen zu bleiben. Vorsichtig warf er einen Blick ins Freie. Es hatte aufgehört zu schneien. Die Flugbahn lag vor ihm wie ein breiter weißer Fluss. Dahinten war der Zaun. Paule sah Ottos Kopf, der hinter der Kiefer hervorlugte, und winkte ihm zu. Alles in Ordnung, hieß das. Ich hab sie, wir kommen.

»Ist es noch weit?«, jammerte Olympia hinter ihm, vielleicht war es auch Sylvestra, doch auch das war ihm inzwischen piepegal. Wahrscheinlich hätte er die Knebel lieber in ihren Mündern lassen sollen, schoss es ihm durch den Kopf.

Aber bevor er etwas entgegnen konnte, wuchs aus dem Nichts eine große, schmale Gestalt in die Höhe und baute sich vor ihm auf. Über Paule schwebte ein schuppiges, grünes Gesicht mit zwei kohlschwarzen Augen.

»Uiiiiiih!«, quietschte Sylvestra.

»Iiiiiiiieeeehhh«, wimmerte Olympia.

»Ach du dicket Kanonenrohr«, ächzte Paule. »Jetz is allet aus.«

Es war das erste Mal, dass Paule Ana Conda zu Gesicht bekam. Sie sah noch viel furchteinflößender aus, als er sie sich vorgestellt hatte. Wie groß sie war! Und dieser kalte, grausame Blick! Paule wich einen Schritt zurück und stieß dabei gegen eine der Zwillinge, die wiederum gegen ihre Schwester prallte.

»Aua«, sagte die Erste weinerlich. »Pass doch auf. Du bist mir auf den Fuß getreten.«

Gerade eben war Paule noch eiskalt gewesen, jetzt schwitzte er am ganzen Körper. »Bitte«, stotterte er. »Lassen se uns in Frieden, Frau Kondor. Ick … äh … wollte nur eben kurz die Mädchen holen und denn … ähem …«

Das Schuppengesicht zeigte keine Regung. Paule hatte das Gefühl, dass sich die schmalen Augen wie zwei Messer in seine Brust bohrten. Lina hatte ihm einmal erzählt, dass manche Magier mit ihren Augen töten konnten, einfach nur durch die Macht ihres Blickes. Vielleicht beherrschte die Schlangenfrau diesen Trick. Er versuchte, seine Augen abzuwenden, schaffte es aber nicht.

Hinter ihm begann eins der Mädchen zu weinen, die andere fiel sofort ein. Gerade eben war er noch wütend auf sie gewesen, nun hätte er gerne Olympias Hand genommen oder auch Sylvestras. Aber es gelang ihm nicht, sich zu ihnen umzudrehen, er stand wie festgenagelt auf der Türschwelle und starrte die Schlangenfrau an.

Dann zerriss ein Bellen die Stille.

Endlich gelang es Paule, sich aus der Erstarrung zu befreien. Er drehte den Kopf und sah, wie sich Konfuzius von Lina losriss und auf den Zaun zustürmte. In einem riesigen Sprung setzte er darüber hinweg und rannte wild kläffend und mit gefletschten Lefzen auf sie zu, sodass der Schnee in alle Richtungen stob.

Es war wie in einem entsetzlichen Albtraum, fand Otto. Alles geschah unglaublich schnell und gleichzeitig unendlich langsam.

Nach Konfuzius rannte Lina los. »Tangram, Konfuzius!«, schrie sie. Otto wollte sie festhalten, aber sie duckte sich und tauchte unter seinen Händen weg. Im Nu war auch sie über den Zaun geklettert und folgte dem Hund übers Feld, wobei sie ihm chinesische Befehle hinterherbrüllte, die er allesamt ignorierte.

»Aber du bleibst hier«, rief Otto Klara zu, die inzwischen auch schon am Zaun stand.

»Worauf wartest du?«, schrie Klara zurück. »Wir können die Kleinen doch nicht im Stich lassen! »

Nein, dachte Otto, das kam natürlich nicht infrage. Aber war es wirklich eine gute Idee, dass alle ihre Deckung aufgaben und kopfüber in ihr Verhängnis rannten? Wir sollten lieber noch abwarten, wollte er gerade sagen, aber da war auch Klara schon weg.

Er zögerte noch einen Moment, dann rannte er ebenfalls zum Zaun. Bevor er darüberstieg, hielt er inne.

Konfuzius hatte sich von einem freundlichen Schoßhund in eine gefährliche Bestie verwandelt. Seine Nacken- und Rückenhaare sträubten sich in alle Richtungen, die Ohren standen steif nach oben, auch der Schwanz richtete sich steil zum Himmel. Ein tiefes und gefährliches Grollen drang aus seiner Kehle, während er ganz langsam auf die Schlangenfrau zuging.

Ana Conda rührte sich nicht. Ihr Gesicht war vollkommen starr. Sie versucht, ihm seinen Willen zu nehmen, dachte Paule. Aus dem Augenwinkel sah er Lina übers Feld rennen, gefolgt von Klara. Kurz bevor die beiden Mädchen Paule und die Zwillinge erreicht hatten, blieben sie stehen. Klara nahm Linas Hand.

In einem der Bäume krächzte eine Krähe. Die Zwillinge schluchzten leise. Konfuzius knurrte noch drohender.

»Ssssansssuba«, sagte Lina leise.

Und nun kam zum ersten Mal Bewegung in die Schlangenfrau. Ihr Kopf drehte sich unendlich langsam in Linas Richtung.

»Schschwanssssissssummmassssstisss?«, säuselte sie.

Lina nickte unsicher. »Nicht sehr gut«, sagte sie. »Aber Sie verstehen mich doch, wenn ich Deutsch rede, oder?«

»Mssssch. Rmmsssusssanssssischsschzzz?«

»Wenn Sie langsam sprechen, geht es einigermaßen«, sagte Lina.

»Zschrrrrssssinssssksssssschwwwinss tisssiinnsss«, zischte Ana Conda. »Krrrmsss strrrrrammmssschinss.«

»Ja«, sagte Lina. »Das kann ich mir vorstellen. Aber wir wollen Ihnen nichts tun, ganz bestimmt nicht. Es geht uns nur um die beiden Mädchen. Bitte, lassen Sie sie frei. Sie haben Ihnen doch nichts getan.«

Die Schlangenfrau zischte und murmelte. Ein einziges wirres Kauderwelsch, fand Paule, aber Lina schien jedes Wort zu verstehen. Sie nickte immer wieder verständnisvoll. »Das ist ja furchtbar«, flüsterte sie und: »Wirklich? Das kann man sich kaum vorstellen.«

»Warum haben Sie sich das von ihm gefallen lassen?«, fragte sie ungläubig, als Ana Conda ihren Bericht beendet hatte. »Vanitus ist doch nichts ohne Sie. Seine ganze Zirkusnummer baut einzig und allein auf Ihren Fähigkeiten auf.«

»Sschnibbbesssummsssammmirrrrrsss?«

»Sie sollten sich wehren«, sagte Lina. »Ich würde vorschlagen, wir gehen jetzt alle gemeinsam zu Vanitus und dann sagen Sie ihm mal richtig die Meinung.«

Die schmalen Augen der Schlangenfrau wurden groß und rund vor Schreck. Und dann sah Paule, wie sich aus ihrem rechten Augenwinkel ein Tropfen löste und über ihre schuppige Wange rann. Und links passierte das Gleiche.

Ana Conda weinte.

»Meister Vanitus hat Ana Conda die ganze Zeit ausgenutzt und betrogen«, erklärte Lina jetzt den anderen. »Während er immer berühmter und reicher wurde, musste sie für ihn arbeiten und hat dafür keinen Pfennig bekommen. Aber sie hat es nicht gewagt, ihn zu verlassen. Wo immer die beiden hinkamen, hatten die Leute Angst vor ihr. Sie konnte sich ja auch mit niemandem verständigen. Vanitus hat sie Tag und Nacht bewacht und von allen Menschen abgeschirmt.«

»Du meinst, sie ist gar nicht böse?«, fragte Klara ungläubig.

»Natürlich nicht. Sie ist ein armes, bedauernswertes Geschöpf.« Lina trat neben die Schlangenfrau, ergriff ihre grüne Hand und streichelte sie. Daraufhin weinte Ana Conda noch mehr.

»Oh, das ist so rührend«, schluchzte Olympia – oder war es Sylvestra?

Paule war ganz ihrer Meinung. Er kämpfte ebenfalls mit den Tränen, obwohl er nun wirklich nicht nah am Wasser gebaut war. Sogar Klara wischte sich verstohlen mit dem Handrücken über die Augen.

»Würden Sie uns helfen, Vanitus zu überführen, Frau Conda?«, fragte sie dann mit belegter Stimme.

Ana Conda zögerte einen Moment. Lina drückte ihre Hand und lächelte ihr aufmunternd zu. Da nickte sie.

Und dann ertönte Applaus. Kein dröhnender, rauschender Beifall wie bei den Vorführungen in der »Schwarzen Katze«. Nur zwei Hände, die langsam gegeneinanderschlugen. »Bravo«, sagte eine Stimme, die zugleich liebevoll und spöttisch klang. »Was für eine bewegende Szene.«

Sie fuhren herum und blickten in die Richtung, aus der die Stimme gekommen war. Da stand Vanitus, einen Revolver in der Hand, und lächelte sie an. Aber er war nicht allein.

»Er hat Madame Fatale in seiner Gewalt«, flüsterte Lina erschrocken.

20. KAPITEL,

das auch das letzte ist

Die Mündung des Revolvers war auf die Chefin der »Schwarzen Katze« gerichtet. Vanitus hatte Madame Fatale gefesselt, ihre Handgelenke waren auf dem Rücken zusammengebunden.

»Ich sehe, ihr seid mir zuvorgekommen«, rief er den drei Schatten zu, während er langsam näher kam. »Sei's drum, es nützt euch nichts. Die Mädchen brauche ich nicht mehr, ich habe das Geld, ich bin am Ziel. Ana, ab in deine Schachtel. Wir müssen weg, bevor es dunkel wird.«

Die Schlange rührte sich nicht.

»Worauf wartest du noch? Na, wird's bald.«

»Snnsssssmmmssssaaschchcchschsch«, zischelte Ana Conda.

»Richtig so, Ana!«, flüsterte Lina. »Lassen Sie sich nichts gefallen!«

Aber Meister Vanitus lachte nur höhnisch. »Du willst nicht mehr? Du kommst nicht mit? Na bitte, dann bleib hier, das ist mir doch egal. Du wirst schon sehen, was du davon hast. Die Menschen verstehen dich nicht, sie werden dich fürchten und hassen und am Ende werden sie dich töten. Aber sag bloß nicht, dass ich dich nicht gewarnt habe.«

»Niemand wird Ana Conda hassen oder töten«, sagte Madame Fatale ärgerlich. »Reden Sie doch nicht einen solchen Unsinn, Vanitus. Ich werde persönlich dafür sorgen …«

»Gar nichts wirst du tun, du alte Hexe«, unterbrach Vanitus sie rüde. »Ich nehme dich nämlich mit. Und sobald wir hoch genug sind, schmeiß ich dich aus dem Flugzeug. Du bist mir lange genug auf die Nerven gefallen mit deiner erbärmlichen Moral und deinen blödsinnigen Vorstellungen von Gerechtigkeit und Menschlichkeit.« Er spuckte verächtlich in den Schnee. »Alles was mich interessiert, ist Geld. Und davon habe ich jetzt eine ganze Menge.« Er hob triumphierend die Tasche, die er in der Linken hielt. »Genug geschwafelt. Das Flugzeug von diesem Schreiberling steht hinter dem Schuppen. Der Tank ist voll, wir können los.«

»Das ist doch nicht Ihr Ernst!«, rief Klara. »Das dürfen Sie nicht! Meinetwegen hauen Sie ab. Aber lassen Sie Madame Fatale frei. Sie hat Ihnen nichts getan!«

»Sie hat mir nichts getan?«, fragte Meister Vanitus verächtlich. »Sie hat mich in den letzten Wochen wie einen Schulbuben behandelt. Sie hat mich zurechtgewiesen und ausgeschimpft und auf Schritt und Tritt beobachtet. Oder meinst du, ich habe nicht gemerkt, dass mir dieser blöde Kater immer gefolgt ist?«, fragte er die Varietébesitzerin verächtlich.

»Ach, spielen Sie sich doch nicht so auf, Vanitus«, erwiderte

Madame Fatale herablassend. »Sie waren mir von Anfang an verdächtig. Aber es hat leider zu lange gedauert, bis ich Ihnen auf die Schliche gekommen bin. Das ärgert mich kolossal, das muss ich zugeben. Und dass Sie mich gerade so übertölpelt haben – zu dumm. Aber niemand ist perfekt, nicht einmal ich.«

»Du dachtest wirklich, du könntest mich reinlegen.« Vanitus kicherte boshaft. »Wolltest mich im Wald überraschen, zusammen mit deinem glatzköpfigen Diener. Aber da müsst ihr früher aufstehen.«

»Sie halten sich wohl für besonders schlau«, sagte Madame Fatale. »Dabei hatten wir Sie doch schon fast überwältigt. Wenn der Botschafter uns nicht in die Quere gekommen wäre …«

»Sprechen Sie von unserem Vati?«, schrie Olympia angsterfüllt. »Was ist mit ihm? Was haben Sie mit ihm gemacht?«

»Keine Bange«, grinste Vanitus. »Außer ein paar Kratzern hat euer Vati nichts abgekriegt. Ich bin ihm sehr dankbar, er hat mir nicht nur die Kohle gebracht, sondern ist auch genau im richtigen Moment auf die Lichtung gestolpert und hat den Glatzkopf abgelenkt. So konnte ich ihn niederschlagen und Madame als Geisel nehmen.«

»Und Vati? Haben Sie den auch niedergeschlagen?«, fragte Sylvestra weinerlich.

»Sagen wir mal so: Er schläft ein bisschen. Genau wie Madames treuer Diener. So, nun müssen wir aber los. Madame?« Er verbeugte sich in falscher Höflichkeit. »Hier entlang.«

»Also gut. Bringen wir es hinter uns. Nach meiner ersten Autofahrt werde ich nun auch meinen ersten Flug erleben.«

»Und den letzten«, höhnte Vanitus. Er stieß Madame Fatale brutal in den Rücken, sodass sie in Richtung Flugbahn taumelte.

Aber bevor Vanitus ihr folgen konnte, setzte sich Ana Conda in Bewegung. Sie zog sich so schnell zusammen, dass Paule zuerst dachte, sie hätte sich in Luft aufgelöst.

Doch dann sah er, wie sie auf Vanitus zuschnellte. Ihr langer Körper glitt wie ein Pfeil über den Schnee.

Vanitus schrie wütend auf. Er feuerte einen Schuss auf Ana Conda ab und noch einen und noch einen, sodass der Schnee in alle Richtungen spritzte.

»Lassen Sie das«, brüllte Klara.

»Aufhören!«, schrie Otto.

»Mutti! Vati!«, kreischten Olympia und Sylvestra.

Paule schrie auch, aber er verstand seine eigenen Worte nicht.

Irgendwann ließ Vanitus die Waffe sinken. Ana Conda lag vor ihm, reglos, in einer Lache aus schwarzem Blut.

»Was haben Sie getan?«, flüsterte Lina.

»Selbst schuld«, sagte Vanitus ungerührt. Dann blickte er sich nach Madame Fatale um und zuckte zusammen. Vor der Varietébesitzerin stand, breitbeinig und mit verschränkten Armen, der glatzköpfige Muskelmann. Er sah ziemlich mitgenommen aus, sein linkes Auge war zugeschwollen und auf seiner Stirn erhob sich eine dicke Beule.

Vanitus lächelte kalt, hob erneut seinen Revolver, aber als er abdrückte, ertönte nur ein leises Klicken. Das Magazin war leer.

Er ließ die Waffe fallen und rannte los. Flink wie ein Hase flitzte er an der Schattenbande und den Zwillingen vorbei und verschwand hinter dem Schuppen. Lina rannte zur Schlangenfrau, und auch Madame Fatale eilte zu der reglosen Gestalt im Schnee.

Paule nahm die Verfolgung des Schlangenbeschwörers auf. Leider vergeblich, wie er feststellte, als er um die Ecke des Schuppens bog. Denn Meister Vanitus hatte das kleine Flugzeug, das startbereit auf der Flugbahn stand, bereits erreicht. Gerade riss er die Tür auf, warf die Tasche mit dem Lösegeld in die Kabine und kletterte dann selbst hinterher. Mit einem siegessicheren Lächeln schob er sich hinter den Steuerknüppel und grüßte noch einmal höhnisch zu Paule herüber, bevor er die Tür zuzog.

»Uff Wiedasehen«, flüsterte Paule tonlos.

»Der kommt nicht weit«, sagte hinter ihm eine vertraute Stimme. »Ohne das hier.« Paule drehte sich um.

Da stand Otto und wedelte fröhlich mit dem Zündschlüssel.

»Ich hab ihn vorsichtshalber abgezogen, während ihr euch so nett unterhalten habt.«

»Dit war jar nich mal so dumm«, fand Paule. »So 'n Schlüssel is eijentlich immer jut zu jebrauchen.«

Dann knirschten Stiefel im Schnee. Der Glatzkopf trat aus dem Windschatten des Schuppens und stapfte mit schweren Schritten auf das Flugzeug zu.

»Oje«, murmelte Paule. »Ick wette, det Vanitus gleich auch eene Beule uff der Stirn hat. Un 'n Veilchen jibts kostenlos dazu.«

»Da halte ich nicht dagegen«, sagte Otto.

Berliner Lokal-Anzeiger

15. Januar 1927

Falscher Schlangenbeschwörer stammt aus Wanne-Eickel

von Billy Barrakuda

Der Kindesentführer »Meister Vanitus«, der die Zwillinge des österreichischen Botschafters entführt hatte und in einer spektakulären Aktion überwältigt worden war (der *Lokal-Anzeiger* berichtete), ist nun endgültig enttarnt.

Der Mann heißt in Wirklichkeit Alfons Kretschmann, ist 56 Jahre alt, von Beruf Metzgermeister und stammt aus Wanne-Eickel. Vor sieben Jahren ist er mit einer Reisegesellschaft in den brasilianischen Urwald gefahren, dort traf er zufällig auf die Schlangenfrau Ana Conda. Der Schurke hat das wehrlose wilde Geschöpf eingefangen und mittels Lügen und Schlägen gefügig gemacht. Sieben Jahre lang musste die bedauernswerte Ana mit dem falschen Schlangenbeschwörer durch die Welt ziehen und wagte es nicht, gegen ihn aufzubegehren.

In letzter Zeit jedoch begann sie sich ihm immer öfter zu widersetzen und weigerte

Berliner Lokal–Anzeiger

15. Januar 1927

sich, sein böses Spiel mitzuspielen. Sie wollte, dass er sie zurück in ihre brasilianische Heimat brachte.

Ohne Ana Conda aber wäre »Meister Vanitus« wieder Alfons Kretschmann geworden. Kein Varietétheater, kein Zirkus der Welt hätte ihn engagiert. Er brauchte Geld, um von der Schlangenfrau unabhängig zu werden. Das brachte ihn auf den finsteren Plan mit der Kindesentführung, der – nicht zuletzt durch die bescheidene Mithilfe des Reporters – vereitelt werden konnte.

Von der Schlangenfrau Ana Conda fehlt seit der Ergreifung des Entführers jede Spur. Hinweise auf ihren Verbleib nimmt die Redaktion des *Berliner Lokal-Anzeigers* dankbar entgegen.

Ein paar Tage später gab es in der »Grünen Minna« heißen Tee für alle.

Paule schaute missmutig in seine Tasse. »'n bisschen wat Festeres wäre auch nich schlecht«, murmelte er.

Muttchen Pieper lachte und stemmte die Fäuste in die Hüfte. »Na, ich will mich nicht lumpen lassen. Gulasch und Freibier für alle«, rief sie nach hinten. »Das Bier ist natürlich nur für die Erwachsenen«, erklärte die Wirtin streng. »Die Kinder trinken Limonade.«

»Prost Mahlzeit.« Paule stellte erleichtert die Teetasse weg. Dann hörte er hinter sich einen spitzen Schrei und verdrehte die Augen. »Nich schon wieda!«

Seit er Olympia und Sylvestra aus dem Schuppen gerettet hatte, waren die beiden hinter ihm her wie der Teufel hinter der armen Seele. Auch heute ließen sie ihn keine Sekunde in Ruhe.

»Ick muss mal.« Paule drückte Klara sein Limonadenglas in die Hand und verschwand in Richtung Abort.

»Weißt du, wo Paule ist?«, flötete Olympia, die neben Klara auftauchte. Vielleicht war es auch Sylvestra – auch Klara konnte die beiden nicht auseinanderhalten.

»Er ist so ein süüüßer Junge«, zwitscherte ihre Schwester. »Wenn er nur nicht so schüchtern wäre.«

Klara ließ die beiden stehen und ging zu Otto, der sich gerade mit Billy Barrakuda und Kommissar Trettoff unterhielt.

»Ein Glück, dass wir den Fisch verhaftet haben«, schnaufte der Dicke. »Der Ganove hatte ja große Pläne.«

»Ach ja?« Billy zückte sein Notizbuch. »Was hatte er denn vor?«

»Er hat in einem Keller auf der Landsberger Allee einen

Tunnel gegraben, weil er die Commerzienbank nebenan ausrauben wollte. Als er aufgeflogen ist, fehlten ihm nur noch wenige Meter. Na, für die nächsten Jährchen schwimmt er in unserem Aquarium. Hat ja einiges auf dem Kerbholz.«

»Und wem verdanken Sie diesen dicken Fang mal wieder?«, fragte Billy. »Richtig, dem flinken Starreporter Barrakuda. Ich hoffe doch, dass Sie sich dafür noch gebührend revanchieren.«

»Dir verdankt die Polizei das, Billy?«, fragte Klara ungläubig. »Das ist ja wohl nicht dein Ernst. Du hättest die ganze Sache doch um ein Haar zum Platzen gebracht! Schließlich bist du viel zu spät in die ›Grüne Minna‹ gekommen.«

»Weil ich die ganze Zeit nach meinen Flugzeugschlüssel gesucht habe. Aber den hatte mir dieser Schlangenfritze gestohlen.«

»Also, ich denke, Klara hat recht«, sagte Trettoff. »Ohne die Hilfe von euch Kindern hätten wir weder den Fisch noch den Schlangenmann erwischt.«

»Sie haben mich wieder mal zu Unrecht verdächtigt«, sagte Otto vorwurfsvoll. »Vielleicht merken Sie sich das mal für die Zukunft. Und verteilen nicht wieder beim kleinsten Verdacht Fahndungsplakate mit meinem Bild in der Stadt.«

»Natürlich, Jungchen«, sagte Trettoff, aber Klara erkannte an seinem suchenden Blick, dass er gar nicht richtig bei der Sache war.

»Was ist denn jetzt mit dem Gulasch?«, hörte sie ihn murmeln. »Ich frage mich wirklich, ob man mich hier aushungern will.«

Ein helles Klirren ließ alle verstummen. Madame Fatale hatte mit dem Teelöffel gegen ihre Tasse geschlagen. Zur allgemeinen Überraschung war die Chefin der »Schwarzen Katze« zusammen mit ihrem glatzköpfigen Assistenten pünktlich zum Beginn der Feier in der »Grünen Minna« eingetroffen.

»Ich bringe neue Nachrichten von Ana Conda«, erklärte sie mit lauter Stimme. »Die Operation ist hervorragend verlaufen. Sie wird wieder gesund.«

Erleichterter Applaus erfüllte den Gastraum. Die Schattenbande jubelte. Die Botschafter-Zwillinge juchzten.

»Hipp, hipp, hurra!«, schrie Billy Barrakuda und schleuderte seinen Hut in die Luft.

»Was wird denn aus ihr werden, wenn sie wieder aus dem Krankenhaus kommt?«, fragte Klara.

»Sie möchte zurück in den Urwald«, erwiderte Madame Fatale. »Zu ihren Freunden und ihrer Familie. Sobald sie wieder gesund ist, werden wir sie per Luftfracht verschicken. Das Porto übernimmt übrigens dankenswerterweise Seine Exzellenz Herr Prockauer-Waldenfels.«

»Hurra«, jauchzten Olympia und Sylvestra und verschütteten vor lauter Freude ihre Limonade auf Konfuzius, der mit Begeisterung sein Fell zu lecken begann. »Er lebe hoch!« Dann umarmten sie die alte Else, die seit drei Tagen wieder bei den Prockauers wohnte. Das Kindermädchen hatte vor lauter Rührung und Freude ganz glasige Augen. Vielleicht lag es aber auch an dem Bier, das sie gerade getrunken hatte.

Der österreichische Botschafter verneigte sich in gespielter Demut, dann wandte er sich wieder Maggie Messer zu, mit der er schon die ganze Zeit schäkerte.

»Weiß eigentlich irgendjemand, wo der Botschafter das Lösegeld aufgetrieben hat?«, fragte Klara. »An den Fisch konnte er den Schmuck ja nicht mehr verscherbeln.«

»Er ist schnurstracks zu Emmi gerannt. Die hat ihm die Klunker abgekauft. Sie muss steinreich sein. Man munkelt übrigens, dass sie die Geschäfte von Freddy übernehmen will«, sagte Otto.

»Ich bin so froh, dass es Ana Conda wieder besser geht«, flüsterte Lina Klara zu. »Ich dachte wirklich, sie stirbt.«

Nachdem der Glatzkopf Vanitus überwältigt hatte, hatten sie Ana Condas leblosen Körper in Billys Flugzeug gehievt. Der Muskelmann hatte die Maschine gestartet und die Schlangenfrau ins Krankenhaus gebracht – allerdings schwieg sich Madame darüber aus, in welcher Klinik Ana behandelt worden war. Klara war sich jedoch sehr sicher, dass es weder die Charité noch irgendein anderes städtisches Krankenhaus gewesen war.

»Bevor Frau Conda abfliegt, möchte sie sich von euch verabschieden«, sagte Madame Fatale, die plötzlich ebenfalls neben Klara stand. »Sie ist euch wirklich sehr dankbar.«

»Ich frage mich, warum uns Vanitus überhaupt in die Villa begleitet hat«, überlegte Lina. »Er konnte doch nicht wissen, dass sich die Zwillinge dort verstecken.«

»Ihn interessierte erst mal nur das Haus«, sagte Madame Fatale. »Eine Villa mit teuren Möbeln, Gemälden und Teppichen, deren Besitzer für mehrere Monate im Ausland sind. Das war ganz nach seinem Geschmack.«

»Und dann ist Ana Conda auf Olympia und Sylvestra gestoßen, die sich im Dachzimmer versteckt hielten«, meinte Klara. »Und das Unheil hat seinen Lauf genommen.«

»Na, Hauptsache, am Ende is allet jut jejangen.« Paule war wieder zurück. »Und wisst ihr, wat dit allabeste is?«

»Was denn?«, fragte Lina.

»Draußen kommt die Sonne raus. Der Schnee schmilzt.«

»Das war die gute Nachricht«, sagte Otto. »Und jetzt kommt leider die schlechte.«

»Un die wäre?«

»Ich soll dir ausrichten, dass die dicke Emmi furchtbar schlecht auf dich zu sprechen ist. Sie sitzt nämlich immer noch auf ihrem kaputten Sofa.«

»Ach, du dicket Ei!« Paule klatschte sich gegen die Stirn. »Dit ist mir janz entfallen. Na, is nich so schlimm. Die kommt ja nich raus aus ihra ›Roten Laterne‹.«

»Sei dir da mal nicht so sicher. Angeblich hat sie vor lauter Wut schon sieben Kilo abgenommen. Nicht dass sie plötzlich im Bandenversteck auftaucht und dich zur Brust nimmt.«

Bevor Paule etwas erwidern konnte, läutete die Glocke über der Essensausgabe. Attila, der Koch, streckte sein schnurrbärtiges Gesicht durch die Öffnung. »Ässen ist ferrrtig. Gulasch firr allä! Abärrr Achtung! Ist ungarrisch scharrrf!«

»Na endlich«, knurrte Trettoff und walzte los.

»Der Schnee schmilzt und es gibt für alle was zu essen«, sagte Klara zu Lina. »Das nenn ich mal ein glückliches …

… **ENDE.«**

Spree
Spree
Schloss Charlottenburg
Berliner Str.
zur Villa
Bhf. Knie
CHARLOTTENBURG
Bhf. Charlottenb.
Savignyplatz
Kurfürstendamm
WILMERSDOR

MOABIT
bahnhof
Invalidenstraße
Alt Moabit
Spree
Spree
Charité
Bhf. Friedrich
REICHSTAG
Pariser Platz
Siegesallee
Großer Stern
TIERGARTEN
Potsdamer Platz
Potsdamer Bhf.
Zoo
LANDWEHRKANAL
Lützowufer
BANDENVERSTECK
Tauentzienstraße
Lützowstr.
Anhalter Bhf.
Nollendorfplatz
Gleisdreieck
„SCHWARZE KATZE"
Potsdamer Straße
Yorkstr.
SCHÖNEBERG

Bhf. Beusselstr.
MOABIT
Güterbahnhof
"ROTE LATERNE"
Spree
Alt Moabit
Spree
Spree
Großer Stern
TIERGARTEN
Siegesallee
Bhf. Zoo
Zoo
LANDWEHRKANAL
Lützowufer
BANDEN-VERSTECK
KAISER-WILHELM-GEDÄCHTNIS-KIRCHE
Tauentzienstraße
Lützowstr.
Nollendorfplatz
"SCHWARZE KATZE"
Potsdamer Straße
SCHÖNEBERG

Elsässer Str.
Rosenbluts Münz- und Raritäten Cabinet
Oranienburger Str.
Hackescher Markt
Dircksenstr.
Alexanderstr.
Landsberger Al
Bhf. Friedrich Str.
Bhf. Börse
Bhf. Alexanderplatz
DOM
STADT-SCHLOSS
Unter den Linden
Friedrichstraße
GRÜNE MINNA
POLIZEI-PRÄSIDIUM
Spree
Leipziger Straße
REDAKTION BERLINER LOKAL-ANZEIGER
Moritzplatz
KREUZBERG
Lindenstr.
HALLESCHES TOR
Flugplatz Tempelhof